自然文学不是坐在家里的人能够写出来的，

只有那些行走在丛林之中、

原野之中、河流之中、沙漠之中，

甚至是悬崖峭壁、茫茫雪域中的人，才能够写出来。

所以，这样的文字很少，

这样的文字特别珍贵。

俄罗斯文学

在世界文学中有着极其重要的地位。

俄罗斯孕育了一大批才华横溢、

出类拔萃的世界一流文学大师。

俄罗斯文学曾经是几代中国人共同的精神记忆。

高尔基曾经说过：

全世界都惊讶于俄罗斯文学的美和力量。

世界自然文学大师作品·美绘本

大自然里的故事

密林中的熊

MILINZHONG DE XIONG

[俄]康·帕乌斯托夫斯基◎著

[俄]伊·茨冈诺夫◎绘

石雨晴◎译

海峡出版发行集团
THE STRAITS PUBLISHING & DISTRIBUTING GROUP

福建少年儿童出版社
FUJIAN CHILDREN'S PUBLISHING HOUSE

我去追寻一棵大树
却发现了一片森林

　　多少年以前，当我还是梳着两根麻花大辫子的小女生时，一本薄薄的小书《金蔷薇》，让我第一次接触了俄罗斯文学。它像一抹灿烂的阳光，照亮了我幽闭的脑海；更像一片蓬勃生长的高高白杨，风吹叶落，把文学的种子撒在了我的心田。

　　那是我的文学初恋，那种扑面而来的美好让我震惊。从此，我记住了康·帕乌斯托夫斯基这个长长的名字（以下就让我称呼他"老康"吧）。

　　之后，我又读到了老康风靡世界，为他赢得无数读者粉丝的"梅拉尔"自然系列，情不自禁被作家神奇的笔触牵引着，走进森林、海洋、田野、河流，飘逸的晨曦、坠落的夕阳、大大小小的湖泊、曲曲弯弯的小溪……

　　多少年以后，确切地说，在2017年以后，我决心去俄罗斯寻找我的文学初恋，寻找影响了我一生的"梅拉尔"那片神奇的土地。

　　我先后三次赴俄罗斯，从莫斯科郊外那一片片树干上睁着无数只"眼睛"的白桦林，到伏尔加河两岸滚动着金黄色麦穗的旷野；从索罗恰乡间无边无际的草原、黄豆地、草垛子，到梅拉尔深处洇染着墨绿色的丛林……一路寻找着老康的创作轨迹，也一路走读着俄罗斯大自然如同油画一般的美丽风光。

　　我终于明白，为什么俄罗斯这片神奇的土地，会孕育出那么多如雷贯耳的世界级文学大师；我也终于懂得，大自然是举世无双的天然教材，只要从中撷取一根枝叶、一滴水珠、一片云彩、一缕阳光，你就会在不经意间走进一个未知的缤纷世界。

　　2019年夏天，我去乌克兰寻找老康少年时期的成长轨迹。我在基辅大学附近135中学里的康·帕乌斯托夫斯基纪念馆中，意外而又惊喜地发现：我恋了半个世纪的老康，居然还是一位伟大的儿童文学巨匠，他曾经写下大量的儿童文学作品，在俄罗斯拥有无数的少年儿童读者。

这样一位早在20世纪60年代就差一点获得诺贝尔文学奖的世界级文学大师，却为何会俯下身子，为小朋友们写下这么多的儿童文学作品？又为何会将自己追求一生的自然文学，用少年儿童喜欢的形式展示给他们？好奇之余，我产生了探究的欲望。

我决心去寻找老康，去寻访老康的童年。

那是一个名叫贝里普恰的小村庄，那是老康的爷爷的故乡，也是老康童年玩耍嬉戏的地方。

我无法形容这个朴实无华的小村庄在斜阳下露出完整面貌的那一刻，带给我的安谧和宁静，村口那一条蜿蜒穿过田野流向远方的河流，闪动着鱼鳞般的银光。河边矗立着一块黑色的大石碑，上面刻有老康留下的两行字：

我在这里度过了童年，
每天都像过节一样快乐。

村民们把这条河叫"露珠河"，河边的小山丘和长满茅草野花的旷野，是村里孩子们天然的游乐场。老康从六岁开始来到爷爷家生活，在大自然的怀抱里度过了他一生中最最难忘的快乐时光。后来他去了基辅上学，但每逢周末，他还是会回到爷爷家中，跳进河里游泳，钓鱼摸虾。老康和爷爷一起划着小船在湖上采摘菱角莲藕，野鸭张开翅膀拍打着水花，老康嚼着莲子，满嘴清香，将绿色的壳扔在野鸭的脑袋上。

我相信，这样的快乐带给老康对生活的感悟，是他在课堂上和书本中都感受不到的。老康笔下的自然文学，一定来自这个名叫贝里普恰的小村庄，来自他身边的大自然。

从贝里普恰回到基辅，我就开始在这座城市的大小古旧书店里穿行，想收集老康描写大自然的儿童文学作品。没想到，这一收集，我才知道自己从前的孤陋寡闻，才明白老康虽然是俄罗斯自然文学领域中的一棵大树，但这棵大树的背后，还有一片森林！

其实，人与自然的关系，一直是俄罗斯文学最重要、最深刻的主题之一。在整个俄罗斯文学的辉煌宫殿里，有一条耀眼夺目的长廊，就是"自然文学"，而在这条长廊里留下优秀作品、树立不朽丰碑的，则是一长串如雷贯耳的名字：普希金、托尔斯泰、屠格涅夫、普里什文、帕乌斯托夫斯基、斯拉德科夫、比安基、希姆……

俄罗斯文学曾经是几代中国人的精神记忆，20世纪五六十年代，中国引进了数量众多的优秀俄罗斯文学作品，却似乎忽略了俄罗斯"自然文学"这条百花盛开的长廊，更鲜少向中国小读者们整体介绍这些作家和他们的作品，这不能不说是一件十分遗憾的事情。

近几十年来，中国的高速发展是全世界有目共睹的，但与此同时，人们对大自然过度地索取甚至是破坏，人和自然的平衡不断被打破，也是不争的事实，令人深深担忧。好在随着人类认知水平的不断提高，越来越多的人深知人与自然和谐共生的重要性，人与动植物和谐相处的重要性。自然是生命之母，人类只是自然的一部分。天地与我并生，万物与我为一。人类应该敬畏、尊重、顺应和保护自然。

在这样的时代背景下，福建少年儿童出版社适时引进俄罗斯"自然文学"，无疑有着十分积极的意义。出版社首先推出的五位俄罗斯文学大师，同时也是享誉世界的"自然文学"代表作家。他们是：康·帕乌斯托夫斯基、米·普里什文、维·比安基、尼·斯拉德科夫、爱·希姆。

康·帕乌斯托夫斯基的作品浪漫地再现了现实生活中的动物和植物，他用行云流水般的语言，描绘出光线、气味、声音这样无形的生命。他笔下的自然文学，是现实和奇幻的交织；他故事中的人物，温暖、善良、美好。大自然的美和人类情感的和谐交融，是康·帕乌斯托夫斯基一生追逐的理想。

而米·普里什文的作品中，则饱含着作家对大自然命运的忧患意识，他预见到人类文明进程中，科学技术的高度发展，不仅可能毁坏大自然的生命，同时还会导致人类在精神、道德、审美情感上的麻木。他的作品充满了对自然万物的爱，他的文字会带领着你，亲吻泥土的芬芳、辨别百草的奇异、探寻密林的馥郁、倾听溪流的吟唱……让你在欢快和光明中，对人与自然的关系，进行哲理性的思考。

维·比安基最爱讲述动物和植物的故事，你可以跟随着他的故事走进大自然这本百科全书。在这里，你不但能和大自然交上朋友，甚至还能学会做大自然的主人，培养自己做人的重要品性，比如：善良、真诚、勇敢、坚强、不畏强暴、扶助弱小、疾恶如仇、从善如流……

尼·斯拉德科夫更像一位诗人，他用爱和好奇锻造出一把神奇的钥匙，并用这把钥匙为你打开大自然——一切生命的奥秘之门。门里面的风景很迷人，你会惊叹于海洋、沙漠、雪山、苔原的多姿多彩；你也会折服于蓝天、大地、宇宙、苍穹的广袤与浩瀚。

爱·希姆的神奇之处在于：他可以将动物的对话，翻译成人类的语言，这就无形中使得你的认知世界，一下子扩大了一百倍、一千倍！希姆还是一个极其会讲故事的人，他会把生活中的你，巧妙地变成他故事中的主人公。当你在他的故事中，突然看到熟悉的自己时，千万不要惊掉下巴，你只要细细地去琢磨：我为什么会出现在这里，我难道也可以这样吗？终有一天，你将意识到，自己的未来，其实有许许多多的可能性。

现在，你们可以想象俄罗斯自然文学宝库里有多少挖掘不尽的璀璨珍珠了吧！有没有迫不及待地想亲眼去看一看的冲动呢？

来吧！它们就在这里等你！

袁敏

2020 年 5 月

目录 *mulu*

温热的面包 / 1

小钢戒 / 21

密林中的熊 / 33

羽毛凌乱的麻雀 / 51

雨蛙 / 69

体贴的花朵 / 87

老房子里的居民 / 97

獾的鼻子 / 108

野兔的脚掌 / 113

温热的面包

    当骑兵准备穿过别列日基村时，一枚德国炮弹在村子附近爆炸了，炸伤了一匹黑马的腿。指挥官把受伤的马留在了村子里。

    部队继续向前方行进，一路尘土飞扬，马嚼子叮当作响。部队离开了，消失在小树林后面，消失在小山丘后面，只有风在那里摇动着成熟的黑麦。

    磨坊主潘克拉特牵走了马。磨坊已经停工很久了，但磨坊里的粉尘始终往潘克拉特身上扑。灰色的粉尘粘在他的棉袄和便帽上。便帽下面磨坊主灵活的双眼不时地望向大家。潘克拉特是个干活麻利但性格暴躁的老头儿,大家还认为他是个神秘的巫师。

潘克拉特医治好了马的腿伤。马留在了磨坊,并勤快地驮运黏土、粪肥和木杆,帮潘克拉特修建水坝。

其实,潘克拉特很难养活马,于是,马就开始挨家挨户讨食吃。它在外面站上一会儿,打打响鼻,用嘴敲几下围墙门,说不定房主会给它拿些甜菜叶或者又干又硬的面包,有时候甚至是一根甜甜的胡萝卜。村子里的人都说,这匹马不属于任何人。更准确地说,它是共有的,每个人都认为喂养它是自己的责任,这匹马是因为敌人的炮弹而受伤的。

小男孩菲尔卡和奶奶一起住在别列日基村,他的绰号叫"去你的"。菲尔卡沉默寡言,疑心重,最喜欢说的话是:"去你的!"

如果邻居家的小男孩邀请他去踩高跷,或者寻找已经发绿的子弹壳,菲尔卡就会很不乐意地拒绝道:"去你的! 自己找去!"当奶奶因为他的粗鲁而责备他时,菲尔卡则会转过脸去嘟囔着:"去你的! 真烦人!"

今年冬天很暖和,烟雾弥漫在空中,雪刚落下来就融化了。被雪水淋湿羽毛的乌鸦们坐在烟囱上烘干身体,它们互相挤来挤去,"哇哇"地叫着。磨面机水槽附近的水还没有完全冻住,发黑的水里漂着几块浮冰。

那时,潘克拉特修好了石磨,准备磨粮食。村里的主妇们都在抱怨说,面粉吃完了,每家就只剩两三天的量了,可磨坊里的面粉

还没磨好。

在这灰暗但温暖的日子里，有一天，受伤的马用鼻子敲了敲菲尔卡奶奶家的围墙门。奶奶这会儿不在家，菲尔卡正坐在桌旁，嘴里嚼着一块撒了许多盐的面包。

菲尔卡不情愿地站起身，走到门外。马倒换着脚站着，嘴伸向面包。"去你的！魔鬼！"菲尔卡边喊边抡起胳膊使劲地击打马嘴。马晃着脑袋，嘶鸣着向后退去，而菲尔卡把面包远远地扔到松软的雪地里，并喊着："给你多少都不够！讨饭的！那就是你的面包！

用脸去雪下面刨出来吧！去刨吧！"

自从这次冷酷无情的呵斥发生之后，别列日基村发生了令人害怕的事情。直到现在人们都还在谈论着这件事，并且不时微微地摇摇头。

那天，一滴泪水从马的眼睛里滑落。马扫动尾巴，开始悲伤地长嘶。紧接着，刺骨的寒风开始在光秃秃的树上、栅栏上和烟囱上呼啸起来，吹起的雪，飘进了菲尔卡的嘴里，呛住了他的喉咙。

菲尔卡急忙往屋里跑，但怎么也找不到门廊。周围已经风雪飞旋，拍打着他的双眼，狂风将冻硬了的干草从房顶上掀起，摔坏了椋鸟窝，刮得隔离窗板"啪啪"作响。附近田地里雪尘柱的呼啸声越来越响亮，它们互相追赶着飞向村庄，旋转着，"沙沙"作响。

菲尔卡终于躲进了小木屋，立刻锁上门，吼道："去你的！"然后仔细听着门外的动静。暴风雪完全失去了理智，咆哮着，但透过暴风雪的吼声，菲尔卡听到了一个细短的啸声。当马生气地抽打着自己的马肋时，马尾巴发出的就是这种声音。

临近傍晚时，暴风雪终于平息了。直到这时候，菲尔卡的奶奶才艰难地从邻居那里回到自己的小木屋。近夜时分，天空变成了绿色，像冰一样，星星冻结在天穹上。

刺骨的严寒穿过村庄，没有人看见它，但是每个人都听到了它的"靴子"踩在硬雪上的"吱吱"声，听到了严寒冷酷地紧握住墙上的粗圆木，然后粗圆木就"咔嚓"响着裂开了。

奶奶哭着告诉菲尔卡，井水肯定已经结冰了，水没了，所有人

的面粉也都吃完了，磨坊也因为河水冻结而无法运转。现在等待他们的是不可避免的死亡。

当老鼠开始从地窖跑出来，躲进炉底麦秸里的时候，菲尔卡也开始因为害怕而哭了起来。"去你们的！该死的！"他朝着老鼠们大喊，但老鼠们仍旧不断地从地窖里爬出来。菲尔卡爬到炉炕上，盖上小皮袄，浑身哆嗦地听着奶奶哭诉：

"一百年前，同样的严寒降临到我们这儿。"奶奶说，"它冻住

了水井，冻死了鸟儿，森林和花园里的植物全都枯萎了。在那之后的十年里，树和草都再没开过花。地上的种子变得干硬，然后渐渐消失了，大地光秃秃的一片，所有的野兽都离开了这里，它们害怕沙漠。"

"那场严寒为什么会降临？"菲尔卡问奶奶。

"因为人性的丑恶。"奶奶回答道。奶奶告诉菲尔卡这样一件事情：一位老兵路过我们村，他去一间小木屋里讨面包，而屋主人是一个恶毒的农夫。当时他刚睡醒，骂骂咧咧地只给了老兵一块又干又硬的面包皮。他并不是递到老兵手里，而是把面包皮扔在地上，说："拿去吧！啃去吧！""我没法把面包从地上捡起来。"士兵说，"我有一条腿是木制的假肢。""那你的真腿哪儿去了？"农夫问。"土耳其战争中，我在巴尔干山脉上失去了一条腿。"士兵回答道。"没事。等你饿急了，你就能捡起来了。"农夫笑了起来，"这里没有你的仆人。"士兵呻吟着，设法捡起了面包皮。但是他发现那不是一块面包，而是一块绿色的霉块，一块毒！这时，士兵走到院子里，吹起口哨，暴风雪立即疯狂地刮了起来，包围了整个村子，撕下了屋顶，然后严寒袭来。那个农夫就死了。

"他怎么死了？"菲尔卡用嘶哑的声音问。

"因为内心的冷漠。"奶奶沉默了一会儿又说，"要知道，现在在别列日基村也有个坏人，一个欺负别人的人。而且他也做了一件罪恶的事，因此严寒就降临了。"

"奶奶，现在该怎么办？"菲尔卡在厚厚的小皮袄的包裹下问，

"我们真的要死了吗?"

"为什么等死?要心存希望。"

"希望什么?"

"希望坏人会懂得纠正他罪恶的行为。"

"可怎么挽回呢?"菲尔卡抽泣着问。

"磨坊主潘克拉特知道。他是一个机灵的老头,是一位学者。应该去问问他。可是在这种严寒天气里,跑得到磨坊去吗?怕是一出门,血都立马冻住了。"

"去他的吧,潘克拉特!"菲尔卡说完,陷入了沉默。

晚上,他悄悄地从炉炕上爬了下来。奶奶坐在长凳上睡着了。窗外,远处的天际,蓝得令人恐惧。在黑杨树的上方,明朗的夜空中挂着一轮月亮,像是头戴粉红色皇冠的盛装打扮的新娘。

菲尔卡掩上小皮袄的衣襟,走出门外,跑到街上,向磨坊跑去。雪在脚下歌唱,发出"咔咔"的声音,仿佛一群快乐的木工在河对岸锯着白桦树。空气好像冻住了一样,在月亮和大地之间只剩下一个如此明亮的空间,以至于如果一粒尘埃飞升地面一千米,它仍将是可见的,并且会像小星星一样闪烁。

磨坊水坝附近的黑柳因暴雪而白了头,它们的树枝像玻璃一样闪闪发光。吸入的冷空气刺痛了菲尔卡的胸膛,他已经不能跑了,只能在雪地上拖着毡靴艰难地走着。

菲尔卡敲了敲潘克拉特家小木屋的窗户。在木屋后面的棚子里,受伤的马立刻蹬着后蹄嘶叫起来。菲尔卡"哎哟"一声,吓得蹲下身子，躲了起来。潘克拉特打开门，抓住菲尔卡的衣领，把他拽进了小木屋。

"坐到炉子跟前儿去。"他说，"说吧，趁你还没冻僵之前。"

菲尔卡哭着告诉了潘克拉特，他是如何欺负受伤的马，正因为这样严寒降临到了村庄。

"是啊！"潘克拉特叹了口气，"你做了件罪恶的事！这么说来，全村的人都因为你遭殃了。你为什么欺负马？为什么？你这个缺乏理智的小公民！"

菲尔卡的鼻子发出"呼哧呼哧"的声音，他用袖子擦去泪水。

"你别大声哭了！"潘克拉特严厉地训斥菲尔卡，"你完全是个号哭大师。一惹祸，就立马开始号哭。不过我从没觉得你的哭有任何意义。我的磨坊像被严寒永久地焊住了一样。没有水，就没法做面粉，我们能怎么办？谁也没法知道。"

"我现在该怎么做？潘克拉特爷爷。"菲尔卡焦急地问。

"你得想办法把大家从严寒中解救出来。那样你在人们面前就不再有罪，在受伤的马面前也不再有罪。你才能成为一个纯洁而快乐的人。每个人都会轻拍你的肩膀并原谅你，明白吗？"

"明白了。"菲尔卡压低着声音回答说。

"好吧，那你想吧。我给你一个小时零一刻钟的时间来考虑。"

在潘克拉特家的门厅里住着一只喜鹊。它因为寒冷而无法入睡，坐在马轭上听着他们的对话。然后它侧着身子环顾四周，跳向门下的裂缝。它往外钻了出去，跳上栏杆，径直飞向南方。

老喜鹊有经验，始终紧贴着地面飞，因为森林里的树木依旧会散发热量，这样喜鹊就不怕被冻坏。谁都没有注意到它，只有一只狐狸在白杨密布的深谷里将头探出洞口，抽动鼻子，发现喜鹊像一道黑影从森林中疾速而过。狐狸急忙躲回洞里，久久地坐着，挠着头思索着：在这么可怕的夜晚，喜鹊这是要去哪儿？

菲尔卡这时正坐在长凳上苦苦地想办法。

最后，潘克拉特把黄花烟草踩灭，说："好吧，给你的时间到了。说出来吧！没有时间了。"

"我……潘克拉特爷爷，"菲尔卡说，"天一亮，我就召集整个村庄的小伙伴，我们会拿起撬棍、冰镐、斧头，把磨坊附近流槽上的

冰剁了，直到剁出水，水流向轮子。水一流，你就打开磨机！把砂轮转动二十圈，它就会预热，然后开始研磨。那么，水有了，面粉就会有了，大家就都得救了。"

"瞧，你多机灵啊！"磨坊主说，"当然，冰下面有水。但如果冰层的厚度和你的身子一样高，你打算怎么办？"

"去他的吧！"菲尔卡说，"冰再厚，我们也会将它砸碎！"

"那如果你们被冻坏了呢？"

"我们点燃篝火。"

"如果小伙伴们不同意为你犯下的错误而付出他们的辛勤劳动呢？如果他们说：'去他的！自己犯的错，就让他自己去把冰砸碎吧！'"

"他们会同意的！我会求他们的。小伙伴们很好的。"

"好吧，快去召集小伙伴们。我也去找老人们谈一谈，兴许他们也会戴上手套，拿起撬棍。"

在寒冷的日子里，深红色的太阳在炊烟中升起。这个早晨，别列日基村上空也升起了同样的太阳。河面上传来撬棍密集的敲击声，一旁的篝火噼啪作响。一大清早，小伙伴们和老人们就开始忙活，他们敲掉磨坊附近流槽上的冰。这时还没有人注意到，从下午开始，低垂的云朵渐渐布满整个天空，温暖的和风吹过满是"白发"的柳树。当他们注意到天气有了变化的时候，柳树枝已经开始解冻了，潮湿的白桦林在河对岸发出快乐的声响，愉快的响声在林子中不停地回荡。空气中开始散发出春天和肥料的气息。

风从南方吹来了。每一个小时都变得比之前更加温暖。冰凌从屋顶掉下来，伴随着落地的声音碎裂。乌鸦们从农舍的房檐下面爬了出来，重新爬上烟囱，互相拥挤着烘干身体，"哇哇"地叫着，闲逛着。

只有那只老喜鹊不知所踪。傍晚的时候，它从南方飞了回来。

这时，冰块开始融化。磨坊里的工作进展顺利，冰消融得很快，终于出现了第一个带着黑水的冰窟窿。

男孩子们纷纷拽下带护耳的棉帽，高喊着"乌拉"①。潘克拉特说，要不是这些暖风，也许孩子们和老人们就没法这么快把冰敲下来。

而这只老喜鹊淡定地坐在水坝上方的爆竹柳上，"叽叽喳喳"地叫着，不停地摇晃着尾巴，向四面八方鞠躬致意。除了乌鸦，没有谁能听懂它的话。喜鹊说它飞到了温暖的海边，夏风在那里的山头上睡觉。喜鹊叫醒了夏风，"叽叽喳喳"地跟夏风描述了这儿遭遇严寒的事情，并恳求风赶走严寒，解救人们。

夏风似乎不敢拒绝喜鹊，于是就顺着喜鹊飞回的路线，开始刮起了暖风。风沿着田野飞奔，一边吹着口哨，一边嘲笑着严寒。如果认真去听，就会听到在皑皑白雪下面，温暖的水已经沿着峡谷、山涧，潺潺地奔流着、翻滚着，冲刷着越橘的根，将河里的冰撞碎。

大家都知道，喜鹊是世界上最健谈的鸟，然而乌鸦们并不相信它。乌鸦们只在自己的同伴中间互相"哇哇"地叫着："你瞧，那只老鸟又在吹牛了。"

直到今天也没有人说得清楚，喜鹊说的是不是真的，还是它

---

① 乌拉：在俄语中是一个表达强烈情感的语气词。在不同的背景下，表达的含义也不同。在战场上士兵冲锋的时候喊"乌拉"，就是指"冲啊"；领袖阅兵仪式上士兵高呼"乌拉"，一般是指"万岁"的意思。

为了吹牛编造了这一切。唯一肯定的是，傍晚时分，冰逐渐破裂融化，男孩和老人不停地踩着水轮，磨坊水槽里的水"哗啦啦"地欢快流淌着。

旧水轮慢慢地翻转着，"吱吱"作响，冰柱受不了这样的振动从上面纷纷落下。接着，磨盘"咔嚓咔嚓"响起来，水轮转动得更快了。突然，整个旧磨坊都晃动了起来，剧烈地颤动着，零部件互相问候着发出碰撞声，砂轮转动起来，磨机"吱吱"作响地磨着麦子。

潘克拉特把麦子倒了进去，磨盘下面热乎乎的面粉流了出来，流进了麻袋。主妇们将冻僵了的手插进面粉里，脸上的笑容和麻袋里的面粉一样多了起来。

家家户户都"铮铮"作响地劈着桦树木柴。村里的小木屋因热炉子里的火而发着光。主妇们揉着结实的甜面团，小木屋里的住客：孩子们、猫，甚至是老鼠都围绕着主妇们。主妇们用沾满面粉的手拍了拍孩子们的后背，不让他们把手伸进和面桶

里妨碍她们。

夜晚，整个村子被浓郁的香味包围着，这些香味来自有着金黄色外皮的温热的面包和锅底被烧焦的白菜叶。连狐狸们都从洞里爬出来，坐在雪地上，颤抖着，低声地嚎叫着，声音中透露出一点儿坏主意：如何钻空子，从人们那里偷走，哪怕只有一小块这种奇妙的面包。

第二天早上，菲尔卡和小伙伴们一起来到磨坊。碧蓝的天空中，风催赶着松散的乌云，不给它们任何喘息的机会，因此大地上寒冷的阴影和炽热的光斑交替疾驰着。

菲尔卡拿来了几块新鲜的面包，跟在他身旁的是村里的小个子尼古尔卡，手里拿着装有黄色大粒盐的木制盐瓶。他们敲开了潘克拉特的门，潘克拉特走到门口，问："这是怎么回事？难道是给我的面包和盐吗？什么样的功绩值得这么感谢我？"

"这不是给你的！"小伙伴们喊道，"我们会另外向你表示感谢的。这是菲尔卡给黑马的礼物。我们想让他俩和好。"

"哦，是这样，那好吧，"潘克拉特说，"马也有被尊重的权利。我现在把马给你们请出来。"

潘克拉特打开了马棚的大门，把马放了出来。马走了出来，拉长了脖子，嘶叫了起来，它闻到了新鲜面包的味道。菲尔卡掰开面包，撒上盐，然后递到马的面前。但是马没有接受面包，它开始踏着小碎步，往棚子里退。菲尔卡吓坏了。这时他开始在众人面前大声哭泣。小伙伴们交头接耳低声说着话，然后安静了下来。

潘克拉特轻轻地拍了拍马的脖子,说:"别担心,小男孩!菲尔卡不是坏人,何必羞辱他呢?快接受面包,和好吧!"

马摇了摇头,思索了一会儿,然后小心翼翼地伸出脖子,用柔软的嘴唇在菲尔卡的手中舔起面包。它吃了一块,闻了闻菲尔卡,然后舔起第二块。

菲尔卡眼睛里饱含着泪水,咧着嘴笑了。马嚼着面包,打了个响鼻。当它吃完所有面包后,把头放到了菲尔卡的肩膀上,松了口气,满足地闭上了眼睛。

村里的人都笑了,只有那只老喜鹊坐在爆竹柳上,愤怒地"叽叽"叫着,想必又在吹嘘,是它独个儿设法让马和菲尔卡和好了。但是这会儿没有人听它讲话,当然也没有人听得懂,因此老喜鹊更加生气了。它"叽叽喳喳"地叫着,叫声像个机关枪一样响个不停。

小钢戒

  库兹马爷爷和自己的孙女瓦留莎,一起住在紧挨着森林的莫霍沃伊小村里。

  正值寒冬,刮着狂风,下着暴雪。整个冬天没有升过一次温,也没有匆忙的雪水从木房顶上滴落下来。夜晚,冻得瑟瑟发抖的野狼在森林里嚎叫。库兹马爷爷说,狼是因为嫉妒人类而嚎叫,狼也想住一住小木屋,在火炉旁边躺一躺,给自己挠挠痒,烤一烤冻僵了的毛茸茸的皮。

大冬天里,爷爷的黄花烟草已经抽完了。爷爷咳嗽得厉害,抱怨着如果能深深地吸上一两口烟,他的身体立马就会感觉好一些。

周日,瓦留莎去隔壁的佩列博雷村,给爷爷买黄花烟草。村子旁边有一条铁路,火车每天从这里驶过。

瓦留莎买好了黄花烟草,把它放在印花布袋子里系好,然后走到车站去看火车。火车很少在佩列博雷村停靠,它们总是伴随着"呼呼"的声音飞驰而过。

月台上坐着两个士兵。其中一个蓄着胡子,有一双愉快的灰眼睛。

蒸汽火车开始轰鸣,已经看得到它是如何愤怒地在蒸汽中从远处的黑森林里冲向月台。

"多快呀!"大胡子士兵说道,"小姑娘,当心,别让火车把你吹跑了,不然,你可能就飞到天上去了呢。"

蒸汽火车"甩开膀子"飞进了月台。雪花飞舞起来,糊住了大家的眼睛。蒸汽火车的车轮开始相互碰撞,一个追赶另一个。瓦留莎紧紧抓住灯柱,闭上了眼睛,仿佛她真的要被吹离地面,跟在火车后面被拽走一样。

火车疾驰而去,雪尘在空中继续飞舞着,然后又飘落地面。这时,大胡子士兵问瓦留莎:"你袋子里装的是什么?是黄花烟草吗?"

"是黄花烟草。"瓦留莎回答道。

"你可以卖给我吗?我很想抽上一支烟。"

　　"库兹马爷爷不让卖的，"瓦留莎严肃地回答道，"这是给他治咳嗽用的。"

　　"哎，你呀。"大胡子士兵说，"毡靴上的小花瓣！你太认真啦！"

　　瓦留莎想了想，然后把袋子伸向了大胡子士兵："拿吧！你需要多少就拿多少吧！"

　　士兵拿了一小撮黄花烟草，把烟草卷成一根粗粗的纸烟，抽了起来。他捏着瓦留莎的下巴，看着她的蓝眼睛，微微地笑着。

　　"哎，你呀。"他重复道，"扎小辫儿的蝴蝶花！可是我送给你什么好呢？难道是这个吗？"

士兵从军大衣口袋里掏出一个小钢环，吹掉它上面的盐渣和黄花烟草的碎屑，又在大衣袖子上搓了搓，然后把它戴到了瓦留莎的中指上："希望你喜欢！这个小戒指很神奇。看，它发着光！"

"叔叔，它为什么很神奇？"瓦留莎红着脸问道。

"因为，"士兵回答道，"如果把它戴到中指上，它就会给你和库兹马爷爷带来健康；如果把它戴到无名指上，"士兵伸手拉起瓦留莎那冻僵了的红通通的手指，"你将获得极大的快乐。如果，你想看一看这个充满奇迹的世界，就把戒指戴到食指上，你就一定能看到！"

"真的吗？"瓦留莎一脸的惊讶。

"你得相信他。"另一个士兵从被风吹起的衣领下面用低沉的声音说道，"他是魔法师。你听说过'魔法师'这个词吗？"

"听说过。"

"就是这样啊！"士兵笑了起来，"他是个排雷老兵，连雷都碰不着他！"

"谢谢！"瓦留莎说完，往自己莫霍沃伊的家里跑去。

狂风刮了起来，雪纷纷落下。一路上，瓦留莎一直摸着小戒指，转着它，看它如何在冬日的阳光里闪烁。

"那个士兵怎么忘记告诉我，如果戴在小拇指上会怎么样呢？"她想，"那样会发生什么？让我先把戒指戴到小拇指上试一试吧！"

她把戒指戴到了小拇指上。小拇指很细,戒指戴不住,掉进小路旁边厚厚的积雪里,并立刻陷落到深深的雪底。

　　瓦留莎"哎呀"一声叫起来,开始用双手刨雪,但是小戒指不见了。瓦留莎的手指冻得发青,开始抽筋,以至于无法弯曲。

　　瓦留莎伤心地哭了。小戒指不见了!这意味着,爷爷的健康不会有了,她的巨大的喜悦不会有了,她也无法看到这个充满奇迹的世界了。

瓦留莎在小戒指掉落的雪地上，插下了一根老云杉树枝，然后走回了家。她用手套擦拭着泪水，但眼泪仍然止不住地往外流，泪水冻成了冰，眼睛也因此感到刺痛。

库兹马爷爷因为有了黄花烟草而高兴，抽得整个小木屋都是黄花烟草的烟味，而关于小戒指，他说："别伤心，小傻瓜！在哪儿掉的，它就还在哪儿的。你去请求西多尔，它能帮你找到。"

老麻雀西多尔此时正睡在炉口前的小台上，肚子鼓鼓的，像个球一样。整个冬天，西多尔都像主人一样住在库兹马的小木屋里。它不但逼迫瓦留莎，还强迫爷爷都要尊重它的个性。粥，它直接从碗里啄；面包，它设法从别人手里撕。被轰赶的时候，它就会大发脾气，气愤地"叽叽"叫着想打架，以至于屋檐下麻雀邻居们听到了全都蜂拥而至。它们听着，然后一直叫嚷着，指责西多尔的暴脾气："它住着小木屋，暖暖和和的，吃得饱饱的，却还不知足。"

第二天，瓦留莎捉住了西多尔，把它裹在头巾里，带进了森林。云杉树枝从雪里面只露出了末梢。瓦留莎将西多尔放到树枝上，请求道："请你刨着找一找！也许你能找到呢！"

但是西多尔歪着眼睛，疑惑地看着雪，尖声地说："你啊！你啊！别以为我是大傻瓜！你啊！你啊！"西多尔重复地说着，从树枝上飞回了小木屋。

小戒指还是没有找到。

库兹马爷爷咳嗽得越来越厉害。快到春天的时候，他爬上了炕。他几乎没有从炕上走下来过，并且越来越频繁地要水喝。瓦留莎用铁勺子给他盛凉水喝。

暴风雪在村庄上空盘旋，笼罩着村里的小木屋。那根云杉树枝全都陷进了雪里，瓦留莎在森林里已经找不到小戒指掉落的地方了。她越来越经常地躲在炉子后面，因哀怜爷爷而轻声哭泣，并责骂自己。

"笨蛋！"她低声说，"昏了头，弄丢了戒指。这就是你应得的惩罚！活该！"

她用拳头敲着自己的头，惩罚自己。库兹马爷爷问："你和谁在那儿吵架？"

"和西多尔，"瓦留莎胡乱地回答说，"它成了这样一个混球，老想着打架。"

一天早晨，西多尔在小窗户上跳来跳去，用嘴巴不停地敲打着玻璃，吵醒了瓦留莎。瓦留莎睁开眼睛，然后又眯缝起来。一串串的水滴互相追赶着，从屋顶匆忙掉落下来。强烈的光照射在小窗上。寒鸦大声地叫着。

瓦留莎探出身子朝街道上看了一眼。温暖的风吹拂着她的眼睛，吹乱了她的头发。

"是春天到了！"瓦留莎大声地说。

黑色的树枝闪闪发光，因为风的吹拂而"沙沙"作响。湿润的雪从屋顶滑落。村子后面潮湿的森林，庄重而愉快地喧响着。春天在大地上走着，像年轻的女主人一样。她往山谷里看一眼，那里就立马开始溪流汩汩，溪水欢唱起来。

春天走着走着,伴随着她的脚步溪水的欢唱变得愈发响亮。

森林里的地面由白色变成了黑色。最初只是在雪面上显露出冬天飞落的棕色针叶,继而又出现了很多干树枝,因为早在12月,暴风雪就把它们折断了,之后露出了去年飘落的枯黄的叶子,雪融化了的地方开始露出了大地本来的样子,款冬花①在最后的雪堆边缘开始绽放。

瓦留莎在森林里找到了一根老云杉树枝,就是插在戒指掉落地点的那一根。于是她开始小心翼翼地扒开老树叶,再扒开被啄木鸟扔掉的许多空球果,最后扒开树枝和腐烂的苔藓,终于在一片黑色的树叶下面,发现有一点亮光在闪烁。

瓦留莎大叫一声,蹲了下来。它在这儿! 小钢戒,它一点都没有生锈。

瓦留莎捡起它,立刻戴在中指上,跑回了家。

在跑回小木屋的路上,她远远地就看见了库兹马爷爷。他从小木屋走了出来,坐在墙根边的土台上,黄花烟草的蓝色烟气从爷爷头顶直直地冲向上空,好像库兹马爷爷在春日下被晒干了,水汽正从他头上冒了出来。

"你看,"爷爷说,"你呀,小冒失鬼,从木屋里蹦了出去,忘了把门关上。春天的微风吹遍了整个屋子,我的病立马就减轻了。我抽会儿烟,拿斧头准备劈柴,我们把炉子生起来,烤黑麦面包。"

---

① 款冬花:又名兔奚,为菊科植物。

　　瓦留莎笑了,捋了捋爷爷乱蓬蓬的灰头发,说:"感谢小戒指!它治好了你的病,库兹马爷爷。"

　　为了彻底赶走爷爷身上的疾病,瓦留莎一整天都把戒指戴在中指上。只有晚上躺下睡觉的时候,她才把戒指从中指上摘下来,戴在无名指上。心想在这之后应该会出现极大的喜悦。但它拖延着,没有出现,瓦留莎还没有等到,就这样睡着了。

　　第二天,她起床很早,穿上衣服,走出了小木屋。

宁静而温暖的朝霞照红了大地，天际悬挂着还未退尽的星星。瓦留莎走向森林，在森林的边缘，她停了下来。是什么在森林里叮当作响？好像有人在小心翼翼地摇铃一样。

瓦留莎弯下了腰，倾听着，然后两手一拍，那些被雪覆盖着的雪铃花微微摇晃，向朝霞点了点头。每朵雪铃花的花儿都不时地响着，仿佛里面坐着一只敲铃的小金龟子，在银色的蜘蛛网上拍打着小爪子。啄木鸟在一棵松树的树梢上敲了五下。

"五点钟！"瓦留莎想，"多早啊！多么安静啊！"

紧接着，在金色的晨光中，一只黄鹂鸟在高高的枝头上歌唱起来。

瓦留莎站着，微张着嘴巴，听着，笑着。一阵温暖柔和的风向她袭来，身旁不知是什么在"沙沙"作响。榛树晃了几下，黄色的花粉从坚果的果穗里纷纷散落。一个隐身人从瓦留莎身边走过，小心翼翼地拨开树枝。布谷鸟迎着她开始"咕咕"地叫着，鞠躬致意。

"是谁走过去了？而我都没看出来。"瓦留莎想。

她不知道，是春天从她的身旁走过去了。

瓦留莎大声地笑了起来，笑声回荡在整个森林里面，然后她跑回了家。那是极大的喜悦，大到双手无法环抱的那种，在她的心里开始"叮当叮当"响了起来，歌唱起来。

春日一天比一天灿烂，周围的一切让人愈发愉快。从天空照射下来的光线是如此的强烈，以至于库兹马爷爷的眼睛都眯成了

一条缝隙，但是他总是微微地笑着。然后在森林里、草地上、峡谷中，像有人往它们身上喷洒了魔力水一样，成千上万缕光线立刻耀眼起来，变得五彩缤纷。

瓦留莎考虑过把小戒指戴在食指上，来瞧瞧这个充满了奇迹的世界，但她看了看这些花朵、桦树叶、明朗的天空和炙热的太阳，再听了听公鸡的互鸣、水声和田野上鸟儿们的此起彼伏的叫声，就没有把戒指戴到食指上。

"来得及，"她想，"这个世界上没有什么地方比我们莫霍沃伊这儿更好了。这是多么美丽的地方啊！怪不得库兹马爷爷说过，我们的家乡是一个真正的天堂，这世上没有比这儿更好的地方！"

密林中的熊

  阿尼西娅奶奶的儿子，绰号叫大彼佳。他在战争中牺牲了，留下阿尼西娅奶奶和她的孙子——大彼佳的儿子小彼佳一起生活。小彼佳的妈妈达莎在小彼佳两岁的时候也去世了，小彼佳也已经完全忘记了妈妈的模样。

  "你妈妈总是摇着你，逗你开心，"阿尼西娅奶奶对小彼佳说，"可是，她在秋天里受了风寒，死了。你长得非常像她，只不过她爱说话，而你怕见生人，总是躲在角落里想着心事。可是，想心事对你来说还早，你还有一辈子的时间可以用来想心事。日子长着呢，一辈子有多少天啊！你数都数不过来。”

等小彼佳长大一点，阿尼西娅奶奶就让他去集体农庄放小牛。

牛犊们像挑选过的，都长着招风耳，性情十分温顺。只有一头叫"庄稼汉"的小牛，用毛茸茸的额头撞过彼佳的腰，还踢他。

彼佳赶着牛犊们到高河①的草地上吃草。老牧人"茶罐子"谢苗送给彼佳一只角笛，彼佳在河边吹着角笛，召唤着牛犊们。

也许找不到比这条河更适合放牧的了。河岸陡峭，上面长满了树木和多穗的草，高河上什么树都有。

老柳树长得茂密，有些地方甚至连大中午的时候都阴沉沉的。它们将自己强有力的枝条伸到水里，细长的银色柳叶像欧白鱼一样在水流中摆动着。当你从老柳树下走过，林中空地上的阳光是如此灿烂，让你不由得眯起眼睛。

年轻的白杨树，一丛丛拥挤地生长在河岸上，所有白杨树叶都在阳光下一起闪闪发光。

陡岸上的悬钩子牢牢地抓住彼佳的腿。彼佳使着劲儿，鼻子里"呼哧呼哧"地出着气，折腾了很长时间才摘下多刺的藤蔓。但他从不像其他小男孩那样，他不会生气地用棍子抽打或用脚踩踏悬钩子。

高河里住着河狸②。阿尼西娅奶奶和"茶罐子"谢苗严肃地叮

---

① 高河：俄罗斯的一条河流，流向科斯特罗马州的马卡里耶夫地区，全长 10 公里。
② 河狸：也叫海狸，有"自然界水坝工程师"之称。

嘱彼佳，让他不要接近河狸的洞穴。因为河狸是一种警觉而又善于潜水的动物，它们一点儿也不怕村里的小男孩，能一下子抓住人的腿，使人终生跛脚。

但是彼佳很想去看看河狸。因此,傍晚时分,当河狸们都从洞里钻出来时,彼佳尽量保持安静地坐着,以免惊吓到警觉的河狸。

有一次,彼佳看见一只河狸钻出了水面,坐到岸边,开始用爪子搓揉自己的胸脯,拼命地挠着,想把胸脯晾干。彼佳忍不住笑了。听到笑声,河狸回头朝他看了一眼,发出"唑唑"的声音,然后钻进了水里。

另一次,一棵老赤杨突然"轰隆"一声倒在了河里。水下受到惊吓的小白鱼①像闪电一样飞了起来。彼佳跑到岸边的赤杨树旁,看见河狸啃到了赤杨树的树心。那时,"茶罐子"谢苗告诉彼佳,河狸先啃咬树干,然后用肩膀推压树干,将它推倒,足够粗的树干被河狸用来修建水坝,比较细小的树枝就成了它的美食。

高河上的树叶挤挤挨挨,总感觉树上总是动荡不停,不同种类的鸟儿在那里忙碌着。啄木鸟,像乡村邮递员伊万·阿法纳索维奇一样,有着同样的尖鼻头和一双机灵的黑眼睛,它用喙使劲地敲打着黑杨树。它每敲一下,就迅速把头缩回来,瞄一眼,量一下,然后眯起眼睛,再次非常用力地敲一下,以至于从黑杨树梢到树根都"呜呜"地响了起来。直到现在彼佳还感到惊讶:啄木鸟的脑袋是多么结实啊!它整天敲着木头,却依然感到快乐。

"也许它的脑袋不疼,"彼佳想,"但是脑袋里面的回声肯定是十分响亮的,一整天都敲敲打打可不是开玩笑。这个小脑袋到底

①小白鱼:湖拟鲤的别称。

是怎么经受住的？"

　　树下生长着各式各样的花朵，有伞形花、十字花和像车前草一样最不起眼的花。在花儿上方，飞舞着长着茸毛的熊蜂、蜜蜂和蜻蜓。

　　熊蜂没有理会彼佳，蝴蝶和蜻蜓则停在彼佳的帽子上，不时地抖动着翅膀，睁着凸起的大眼睛观察着他，仿佛在盘算着：是突袭他的额头,把他从岸边吓走,还是不值得理会这个小家伙?

其实不仅岸上有趣,水里面也很精彩。当你在岸上看时,你会禁不住想潜下去,看看在那摇曳着的水草深处有什么。总觉得在河底似乎有奶奶洗衣盆那么大的虾,它游着,张开螯,而鱼儿摆动着尾巴,后退着躲开它。

渐渐地,动物们都习惯了彼佳的存在,并且有时候会在早晨留心听着,听他的角笛何时会在灌木丛后面吹响。一开始,它们只是习惯了彼佳,后来因为他不调皮而爱上了他。他没有用木棍将鸟窝击落,也没有用绳子把蜻蜓的脚缠起来,更没有朝河狸扔石头,也不用有腐蚀性的石灰去毒鱼儿。

白杨树叶迎着彼佳轻轻地响着。它们记得,他从未像其他小男孩一样,把细细的白杨拽到地面,任由它们痛苦地颤抖着,树叶"簌簌"作响地抱怨着,来欣赏它们伸直时候的样子。

只要彼佳一拨开树枝,走到岸边,鸟儿们就立刻开始啼鸣;熊蜂飞到空中喊着:"让路!让路!"鱼儿们为了在彼佳面前炫耀五光十色的鳞片,纷纷跳出水面;啄木鸟更用力地敲击着黑杨树;以至于河狸都蜷缩起尾巴,碎步快走到洞里;飞得比所有鸟儿都要高的百灵鸟发出了悠扬的啼鸣,以至于蓝色的风铃草都乐呵呵地直晃脑袋。

"我来了!"彼佳说着,扯下旧帽子,用它擦了擦被露珠打湿的脸颊,"你们好!"

"好!好!"一只乌鸦替大家回答道。它无论如何也学不会像"你们好"这样简单的人类词语。乌鸦的智慧在这上面不够用了。

所有的动物都知道，在河对岸的密林深处住着一头老熊，它的外号叫作"密林之熊"。它的毛皮的确像茂密的森林，毛皮上尽是黄色的松针、被压扁的越橘果和树脂。虽然它是一头老熊，身上有些地方的毛甚至都发白了，但是那双绿眼睛像萤火虫一样放着光，好像年轻人的眼睛。

动物们经常看到，熊小心翼翼地溜到河边，从草丛中探出头来，看着在河对岸草地上吃草的牛犊们。有一次，它尝试用爪子试了试水，想游过去。冰冷的泉水从河底涌上来，泉水冰凉，熊放弃了渡河的念头，它也不想把皮毛浸湿。

熊刚想过来的时候，鸟儿开始疯狂地扇动着翅膀，树木用力摇摆着枝叶，鱼儿用尾巴拍打着水面，熊蜂大声"嗡嗡"作响，连青蛙都叫得特别响亮。熊不得不用手掌捂住了耳朵，摇了摇头。

彼佳惊讶地看着天空，看天空有没有被乌云遮蔽，动物们是不是因为要下雨才大叫？但此时太阳平静地挂在天际，只有两片云朵在宽广的天空相遇了，停在了那里。

夏天闷热少雨，森林里的树莓干枯了。即便刨开一个蚂蚁窝，里面也尽是灰尘。熊越来越生气，它开始绝食，瘦得只剩一张皮，肚皮完全耷拉下来。

"真倒霉！"熊咆哮着，气急败坏地拔出幼小的松树和桦树。"我要去把牛犊子们剥了。牧童要是袒护，我就用爪子把他掐死，就这样决定了！"

　　牛犊们身上散发着新鲜牛奶的香气，而且它们离熊非常近，熊只需要游一百步就能到达河对岸。

　　"难道我游不过去吗？"熊对自己感到怀疑，"不，好像能游过去。据说，我的爷爷曾游过了伏尔加河，而且没有害怕。"

　　想着、想着，熊嗅着水，挠了挠后脑勺，最后下定决心，跳进水里。它刚落水时惊叫了一声，立刻游了起来。

彼佳当时正躺在灌木丛下面。傻里傻气的小牛们抬起头，警觉地竖起耳朵听着，它们不知河里漂着的这个"老树桩"是什么。熊在水里只露出了嘴和脸，这张脸如此粗糙，不仅小牛，甚至人们都会把它当作一个腐烂的树桩。

继小牛之后，乌鸦也发现了熊。

"救命！"乌鸦叫得特别厉害，嗓子立刻就嘶哑了，"伙伴们，有贼！"

所有动物都惊慌起来。

彼佳急忙跳了起来，双手一个哆嗦，不慎将角笛掉落在草丛中。在河的中央，那只老熊用带利爪的掌划着水，正往这边游过来。它吐了口唾沫，咆哮着。而牛犊们已经走近了陡岸，伸长脖子看着。

彼佳开始哭喊。他抢起鞭子，鞭子"噼啪"作响，好像打枪的声音。鞭子没够着熊，只打到了水面上。熊歪着头，眼睛瞪着彼佳，咆哮道："等着吧，我马上就爬上岸，把你的骨头都数个遍。瞧你怎么想的，竟然想用鞭子打我这个老人家！"

很快，熊游到了岸边，爬上了陡岸，舔着嘴唇直冲牛犊们而去。彼佳环顾四周，大喊一声："帮帮忙！"但所有的白杨树和柳树都在颤抖，所有鸟儿都飞向了天空。"难道大家都被吓坏了，现在没谁来帮我了吗？"彼佳想着。可好像故意似的，附近一个帮手都没有。

彼佳还没来得及思考，悬钩子已经用自己多刺的藤蔓紧紧缠住了熊掌，无论熊怎么撕扯都不松开。它一边抓着熊，一边说着：
"不，兄弟，跟你闹着玩呢！"

老柳树垂下了最有力的枝条，用尽全力抽打熊干瘦的腰。

"这是什么？"熊咆哮起来，"鞭子吗？我要把你的叶子全扯下来，坏家伙！"

但柳树并没有停下来的意思，一直抽打着熊。这时，啄木鸟从树上飞了下来，落在熊的头上，用尖尖的喙对着熊的头顶狠狠地啄了一下。熊的眼睛立刻变成了深绿色，疼痛从鼻子一直贯穿到了尾巴的最末梢。熊嚎叫起来，疼得要命，咆哮着，可它却听不到自己的咆哮，只听到"呼哧"声。

这是怎么回事？熊无论如何也猜不到，这是熊蜂们钻进了它的鼻孔。每个鼻孔里钻进了三只熊蜂，它们在那里挠着痒。熊打了一个喷嚏，熊蜂们飞了出来，但熊蜂们立马就飞了进去，继续蜇熊的鼻子。各种各样的鸟儿像乌云一样，在周围盘旋着，从熊的皮上啄下一根又一根细毛。熊开始在地上翻滚，用爪子胡乱驱赶着，拼命地嚎叫着，迫不及待爬回河里。

熊向后退着，而一条很大的鲈鱼在岸边游动着，不时地看着熊，等待着。熊的尾巴刚一没入水里，鲈鱼就用嘴里 120 颗牙齿咬住熊的尾巴，绷紧了身体使劲儿把熊拖进漩涡。

"兄弟们！"熊吐着水泡挣扎着喊道，"饶命啊！放开我吧！我保证……到死都不会再来这儿了，再也不会欺负牧人了！"

"再灌你一次水，你就不会再过来了！"鲈鱼没有松开牙齿，用

嘶哑的声音说，"我才不相信你呢，老骗子！"

　　熊刚想向鲈鱼许诺送它一罐子椴树蜂蜜时，高河里最好斗的梅花鲈已猛扑到了熊身上，并在它的腰上扎下了有毒的尖刺。熊使劲一挣扎，尾巴就留在了鲈鱼的牙齿中间。熊一头扎进水中，然后浮出水面，两只胳膊交替划着水游向自己的河岸。

　　"哼，我轻而易举地就摆脱了！我只丢了尾巴。尾巴很老，还脱了毛，对我一点用都没有。"熊安慰着自己。

　　游到河中央，熊高兴了，但河狸们等的正是这个时候。动物们和熊的冲突一开始，河狸们就冲向高高的赤杨树，开始啃咬起来。它们就这样在一分钟之内，把这棵赤杨树的一截啃咬到只剩细细

的杆子支撑着。

　　啃咬完赤杨树，它们在原地隐藏起来。此时，熊在游泳，而河狸注视着熊，计算着它什么时候游到合适的位置。河狸们精于计算，它们是唯一一种会建造各种东西，比如大坝、水下通道和窝棚的狡猾的动物。

　　熊一游到预定地点，老河狸就大喊一声："好，按下！"

　　河狸们齐心协力按压赤杨树，瞬间树干断裂了，赤杨树"轰隆

隆"地倒向河面。顿时，水面上冒出了泡沫，激起了浪花，水花和漩涡"哗啦啦"地汹涌着。就这样，正像河狸巧妙计算的那样，赤杨树干的正中间撞在了熊的后背上，而树枝将熊摁向了积有淤泥的河底。

"唉，这回完蛋了！"熊想着。为了摆脱树枝，它拼尽全力潜向水下，将整条河都弄得浑浊，最终还是狼狈地脱了身，浮出了水面。

熊爬回自己的河岸上，哪还顾得上甩水，没那工夫！它开始沿着沙滩跑回自己的森林。而身后传来动物们的尖叫声和嘲笑声。河狸打着呼哨；乌鸦笑得喘不过气来，只喊了一声"笨——蛋"，就再也喊不出声了；白杨树笑得左右摇摆；梅花鲈加速跃出水面，狠狠地朝着熊背后吐了一口口水，但没能吐到熊身上，熊跑得那么拼命，哪能吐得着呢！

熊跑进了森林，勉强能喘口气。偏不凑巧，在那里，奥库洛夫村的姑娘们来采蘑菇了。她们总是带着装牛奶的空铁桶和棍子去森林，以便在遇到野兽时用噪音吓跑它。

熊逃到了林中空地上，姑娘们看到了它，同时尖叫了起来。她们用棍子"轰隆隆"地敲打铁桶，熊吓得跌倒了，把脸扎进干草丛里，安静了下来。姑娘们当然都逃跑了，只看到她们五颜六色的裙子消失在灌木丛中。

熊呻吟着，呻吟着，吃掉了出现在嘴边的蘑菇。终于，它喘过气来，用爪子擦干汗水，然后匍匐着爬回了自己的洞穴。尽管尾巴被撕扯掉了，受伤的地方有些痛，但它还是睡着了。它痛苦地躺下，睡过了秋天和冬天，并发誓终生不离开茂密的森林。

彼佳目送熊离去，笑了一阵子，然后看着小牛犊们。它们安静地嚼着草，一会儿是这只小牛，一会儿是另一只小牛，不停地用后腿的蹄子挠挠耳后。

彼佳脱下帽子，低头向树木们、熊蜂们、鱼儿们、鸟儿们和河狸们鞠躬致谢。"谢谢你们！"彼佳说。但是谁也没有回答他。

河上很安静。柳树的叶子昏昏欲睡地耷拉着，白杨树没有颤抖，甚至连鸟儿的叫声都听不到。

高河上发生的事情，彼佳没有告诉别的人，只告诉了阿尼西娅奶奶，他担心别人不会相信。

阿尼西娅奶奶放下还没织好的手套，将铁框眼镜推到额头上，看着彼佳说："人们说得可真对，可以没有一百卢布，但是要有一百个朋友。动物们没有白白庇护你，彼佳！不过，你说，鲈鱼把熊的尾巴完全扯掉了吗？真是罪过！真是罪过！"

阿尼西娅奶奶做了个鬼脸，笑了起来，手套连着木钩针掉了下来。

羽毛凌乱的麻雀

　　在一个古老的挂钟上，有一个铁铸的铁匠，它只有玩具士兵那么高。铁匠举着锤子，钟声一响起，就把锤子稍稍向后一抽，开始敲打面前的一个小铜砧。这时，急促的钟声洒遍整个房间，滚落到书架下面，然后安静了下来。

　　铁匠敲了八下铜砧，他正想要敲响第九下，但他的手颤抖着，停在了空中。就这样，他举着锤子又站了一个小时，直到该敲九下的时候才落下。

玛莎站在窗户旁边，没有回头看。如果回头看的话，保姆彼得罗夫娜肯定会醒过来，然后催着她去睡觉。

这会儿，保姆彼得罗夫娜在沙发上打盹儿，而妈妈像往常一样去了剧院。妈妈在剧院里面排练舞蹈，但从来没带玛莎一起去过那儿。

耸立着石柱的剧院非常壮观。屋顶上几匹铁马扬起前蹄站立着，它们的缰绳被一个头上戴着花环的男人勒住了。这个男人应该是一个坚强勇敢的人。他成功地将烈马勒停在屋顶的最边缘，马蹄悬在广场的上方。

玛莎想象着，如果不是那个男人及时制止了烈马，将会发生怎样的混乱：烈马们会从屋顶上飞奔着冲向广场，伴随着雷声般的巨响从警察们身边疾驰而过。

最近几天，妈妈一直很焦虑，她在为首次表演舞蹈《灰姑娘》而做准备。她答应带玛莎和彼得罗夫娜去看第一场演出。演出前两天，妈妈从箱子里取出了一小束用水晶玻璃制成的花，它是玛莎的爸爸送给妈妈的。爸爸是一名水手，从一个遥远的国度带回了这束花。

之后，玛莎的爸爸远赴战场。他们击沉了几艘德国纳粹①部队的船只。有两次爸爸差点儿被淹死，受了伤但活了下来。如今，

---

① 纳粹：第一次世界大战后兴起的德国民族社会主义工人党，是以希特勒为头子的最反动的法西斯政党。

他又在一个很遥远的地方,那个地方有个奇怪的名字叫"堪察加"。玛莎知道爸爸不会很快回来,唯有到春天才能回来。

妈妈拿着水晶玻璃花束,轻轻地对它说了几句话。这很让玛莎吃惊,因为以前从来没有看见妈妈和物品讲过话。

"瞧,"妈妈低声对着花束说,"你可等到了。"

"等到什么了?"玛莎问。

"你还小，什么都不懂，"妈妈回答说，"爸爸送给我这束花的时候，对我说：'等你第一次出演《灰姑娘》的时候，演出结束，一定要在院子里把花束别到裙子上。那么我就会知道，你在这个时候想起了我。'"

"这我也懂呀。"玛莎生气地说。

"你懂什么？"

"所有！"玛莎因为生气，脸涨得通红，她不喜欢别人不相信她。

妈妈把花束放到了靠近自己的桌子上，并叮嘱玛莎，连小指头都不能碰它，因为它非常易碎。

那天晚上，玛莎站在窗边，花束在玛莎背后的桌子上，闪闪发光。四周太安静了，仿佛一切都在沉睡。整栋房子，窗外的花园，还有坐在楼下大门口的石狮子，都睡着了。没睡的只有玛莎、开着的暖气和这个有点长的冬天。

玛莎一直望着窗外，暖气也一直"吱吱"地轻唱着它那温暖的歌谣，而冬天仍旧一直从天空向下倾洒着寂静的雪花。雪花从路灯旁飞过，落到了大地上。让人不明白的是，如此洁白的雪花如何从这样漆黑的天空飞落；更让人不明白的是，为什么在如此严寒的冬天，桌上的花篮里那束硕大的红色花朵绽放了；但最让人不明白的要数一只黑头乌鸦，它坐在窗外的枝头上，目不转睛地盯着玛莎。

睡觉前为了让房间透透气，保姆彼得罗夫娜都会打开小气

窗,然后带着玛莎去洗脸。那只黑头乌鸦等待的正是这个时机。

　　每次彼得罗夫娜和玛莎一离开,乌鸦就飞进小气窗,钻进了房间。它抓住第一个撞入眼帘的东西,然后溜走。乌鸦走得很着急,忘记擦掉留在地毯上的爪印,在桌上也留下了潮湿的爪印。每当彼得罗夫娜回到房间,看到乌鸦的爪印,她都会生气地举起双手大喊:"强盗! 又把什么东西偷走了!"

　　玛莎也举起双手,同彼得罗夫娜一起,急忙查看这次被乌鸦偷走的东西。其实,乌鸦通常就偷些糖块、饼干和香肠。

夏天时卖冰激凌的售货亭，在冬天来临之前就被钉死了，乌鸦就住在那里。乌鸦很小气，爱吵架。它用嘴巴将自己的全部"财富"藏进售货亭的缝隙中，以免被麻雀一点点地给偷光了。

这只乌鸦在夜里时常做梦，它梦见麻雀们溜进了售货亭，从缝隙里抠走了几块冰冻的香肠、苹果皮，或者是银色的糖果包装纸，乌鸦在梦里就会愤怒地"哇哇"大叫。

这会儿，有一个警察在邻近的拐角处环顾四周，聆听着。警察很早就听到夜晚售货亭里发出乌鸦的叫声，感到很惊讶。他去了几次售货亭，用手掌挡住路灯的光，透过缝隙仔细地看着里面。但是售货亭里面黑乎乎的，只看到地板上有一个破烂的白盒子。

有一天，乌鸦在售货亭撞见了一只叫帕什卡的羽毛凌乱的小麻雀。

麻雀们的生活变得非常艰难。因为这座城市几乎没有剩下几匹马，所以喂马吃的燕麦就越来越少。小麻雀帕什卡的爷爷，一只绰号奇奇金的老麻雀回忆起过去：那时麻雀部落整日在马车歇脚的附近闲逛，燕麦从马脖子下喂马的口袋里撒落到路面上，那日子多美好啊！

而如今的城市里，路面上奔跑的清一色都是汽车。它们不以燕麦为食，不像温厚的马儿们"嘎巴嘎巴"地嚼着燕麦，尽是喝些刺鼻的有毒的水。部落里的麻雀因此变得稀少起来。有的麻雀迁移到村子里去了，那里更靠近马匹；有的麻雀则迁移去了沿海城市，那里有准备装船的谷物，因此这些地方的麻雀生活得富足快乐。

　　老麻雀奇奇金说：“以前，麻雀成群结队，每群有两三千只。有时候，它们振翅飞起，仿佛气团猛地腾空而起，以至于连拉车的马都闪到一边。人们甚至抱怨道：'上帝啊，保佑我们吧！难道没法管管这些淘气鬼吗？'集市上的麻雀们打斗得多么激烈啊！细毛飞起，像一朵朵云。现在，无论如何也决不允许发生这样的斗殴……”

　　小麻雀帕什卡刚一钻进售货亭，还没来得及从缝隙里抠出任

何东西，赶巧就被乌鸦碰上了。乌鸦用嘴敲打帕什卡的额头。帕什卡跌落下来，赶紧闭上眼睛装死。

乌鸦把帕什卡扔出了售货亭，还"哇哇"叫着，把整个小偷麻雀部落骂了一顿。

一个警察环顾四周，然后走到了售货亭。帕什卡正躺在雪地上，头疼得要命，只有嘴巴微微张开着。

"唉，你这个流浪儿呀！你真是一只不幸的麻雀啊！"警察说着，脱下了手套，将帕什卡放了进去，把手套藏在了大衣口袋里。

这会儿，帕什卡躺在口袋里，眨了眨眼睛。它因为屈辱和饥饿哭了起来，哪怕能啄一啄面包屑也好啊！但是警察的手套里没有半点儿面包屑，只有一些烟草的气息。

这天早上，保姆彼得罗夫娜和玛莎在公园里散步。警察把玛莎招呼过来，严肃地问道："小公民，你需要麻雀吗？想领养吗？"

玛莎立刻表示她需要一只麻雀，甚至是迫切地需要。警察那被风吹得粗糙的红通通的脸上泛起了皱纹，他笑了起来，拽出了装着帕什卡的手套。

"拿去吧！连着手套一起，不然它会逃走的。之后你再把手套给我拿过来，我十二点之前不会换岗。"

玛莎把小麻雀帕什卡带回了家，用刷子把它的羽毛理平，将它喂饱后放开了它。帕什卡坐在一个小碟子上，喝着里面的水，然后飞起来落在铁匠的头上坐了坐，它甚至都要开始打瞌睡了。但铁匠终于生气了，他挥了挥锤子，想赶走帕什卡。愤怒的铁匠开始

砸铜砧,整整砸了十一下。

帕什卡喧闹着飞到了寓言家克雷洛夫的头上。克雷洛夫是用铜做的,滑溜溜的,帕什卡勉强才能在上面站住。

小麻雀帕什卡在玛莎的房间里住了一整天。晚上,它目睹了黑头乌鸦如何从小气窗飞进来,又如何从桌上偷走一块熏鱼头。帕什卡躲在那篮绽放的红色花朵后面,静静地坐在那里。

从那天起,帕什卡每天都飞到玛莎家,啄着面包屑,思考着该如何感谢玛莎。有一次,它给玛莎带来了一只冻死了的带角毛毛

虫，这是它在公园里的一棵树上找到的。但是玛莎并没有吃毛毛虫，保姆彼得罗夫娜骂骂咧咧地将毛毛虫扔出了窗外。

有时，帕什卡故意和黑头乌鸦作对，灵巧地从售货亭里衔走乌鸦偷来的东西，并把它们还给玛莎。它有时衔来一块干透了的软果糕；有时是一块变硬了的馅饼；有时是一张红糖纸。

想必，这只乌鸦不仅从玛莎这里偷，还去其他家的屋子里偷。因为帕什卡有时会弄错，也把别人的东西衔了回来：一把梳子、一张黑梅花皇后纸牌或者"永恒"笔上的一根金色羽毛。

小麻雀帕什卡衔着这些东西飞进了房间，将它们扔到地板上，又在房间里绕上好几圈，然后像一枚毛茸茸的小炮弹一样急速地消失在窗外。

这天晚上，保姆彼得罗夫娜不知道为什么，很久没有醒来。玛莎开始好奇，想看看乌鸦是怎么从小气窗钻进来的。她从来没有看见过。

玛莎爬上椅子，打开小气窗，然后躲到了柜子后面。起初，只是大朵大朵的雪花从气窗里飞进来，融化在地板上。接着，突然传来"嘎吱嘎吱"的响声，乌鸦钻进了房间，跳到妈妈的桌子上，照了照镜子，它看见里面有一只同样邪恶的乌鸦，气愤得羽毛都竖了起来，然后"哇哇"地叫着，贼头贼脑地抓起水晶玻璃花束，飞到了窗外。

玛莎大叫了一声，保姆彼得罗夫娜惊醒了，唉声叹气地骂了起来。当妈妈从剧院回来后，得知水晶玻璃花束被偷走了，哭了很长时间，以至于玛莎也和她一起流泪了。彼得罗夫娜安慰她们说："不要太难过，也许水晶玻璃花束还能找回来。当然，假设可恶的乌鸦没把它掉在雪地里。"

早晨，帕什卡又飞来了。它坐在寓言家克雷洛夫的身上休息，听说了花束被偷走的事情，帕什卡愁眉苦脸地陷入了深思。

当玛莎的妈妈去剧院排练的时候，帕什卡紧跟着她，从路旁的招牌上飞到灯柱上，又从灯柱上飞到树上，一直跟到剧院。在那里，它在一匹铁马的脸上坐了一会儿，理了理喙，用爪子拂去一滴泪珠，"叽叽喳喳"地叫了几声就飞走了。

傍晚，妈妈给玛莎穿上漂亮的裙子，彼得罗夫娜披上了一条棕色绸缎披肩，然后大家一起去了剧院。就在这时，小麻雀帕什卡按照老麻雀奇奇金的指令，召集了住在附近的所有麻雀。这些麻雀整群整群地向着乌鸦藏有玻璃花束的售货亭发动进攻。

当然，一开始，麻雀们没有决定立即攻破售货亭，而是分别坐在附近的屋顶上，逗弄了乌鸦两个小时。它们以为乌鸦会生气，并从售货亭里飞出来，这样它们就可以在街道上开始战斗。因为街

道上不像售货亭里那样拥挤，大家可以同时袭击乌鸦。但是这只乌鸦很有经验，它知道麻雀们的伎俩，并没有因为麻雀们的逗弄而从售货亭钻出来。

这时，麻雀们终于鼓起了勇气，开始一只接着一只地急速飞进售货亭。那里传出一片尖叫声、喧闹声和振翅声。人群立刻在售货亭周围聚集了起来。

一个警察跑了过来，透过缝隙朝售货亭里面看了一眼，然后急忙闪开了。麻雀的细毛在整个售货亭里飞舞着，在这片飞毛里什么也看不清楚。

"这真了不起！"警察说，"这真是一场实打实的肉搏战啊！"

为了打开售货亭钉死的门，来制止这场斗殴，警察开始拽木板。

与此同时，剧院乐队里的大小提琴上所有的琴弦都轻轻地震颤了一下。一个高个子挥动着白皙的手，慢慢地引领着旋律。在逐渐增强的音乐声中，沉重的天鹅绒幕布摇晃了一下，轻轻地向两边划开。玛莎看到了富丽堂皇的大房间，整个房间沐浴在金黄的光环里，还看到了富有的怪胎姐妹、邪恶的继母和美丽的灰姑娘。

哦！是妈妈。穿着破旧的灰色连衣裙的妈妈，纤瘦而美丽。

"灰姑娘！"玛莎轻轻地喊了一声，就再也无法把目光从舞台上移开了。

在蓝色、粉色、金色和月色光芒的照耀下，舞台上出现了一座宫殿。妈妈从那儿逃走的时候，将一只水晶鞋落在了楼梯上。

很好的是，音乐一直都随着妈妈一起开心一起难过，仿佛这些小提琴、双簧管、长笛和长号都是活生生的善良的生物。它们同高个子指挥家一起，想方设法地帮助妈妈。高个子指挥家忙于帮助灰姑娘，甚至都没能朝观众席看一眼。

这很可惜，因为此刻的大厅里，许多孩子的脸上都洋溢着喜悦的笑容。

老引座员们从不看演出，他们通常只是拿着成捆的节目单和黑色双筒大望远镜站在门口的走廊上，但这次甚至连他们也轻轻地走进大厅，掩上了身后的门。他们看着玛莎的妈妈，有一个人甚至擦了擦眼睛。原来，他那去世的同事的女儿，竟然跳得这么好，这叫他怎么能不激动落泪呢！

演出结束了，音乐响亮而欢快地歌唱着幸福。人们都默默地微笑着，只是他们不明白，幸福的灰姑娘为什么眼含泪光。

就在这时，一只羽毛凌乱的小麻雀突然冲进大厅，沿着剧院的台阶跳来跳去，一通乱绕。显而易见，它这是刚从一场激烈的战斗后赶了过来。

小麻雀在舞台上方盘旋起来，它被数百盏灯照得眼花缭乱。大家都注意到了，它的嘴巴里有什么东西在闪烁着，非常刺眼，像根闪耀的树枝一样。

大厅里开始喧闹起来，随后又安静了下来。乐队指挥抬起手，中止了乐队的演奏。

后排的人们为了看看舞台上发生了什么事情，都站了起来。

小麻雀飞到灰姑娘跟前。灰姑娘向它伸出了双手，麻雀向她的手掌里丢下了一束小小的水晶玻璃花束。灰姑娘手指颤抖着将花束别在了自己的裙子上。剧院里的灯光在雷鸣般的掌声中闪烁着。高个子指挥挥舞起指挥棒，乐队又开始欢快地演奏起来。麻雀在大厅的圆顶下振翅飞起，坐到枝形吊灯上，开始整理在打斗中凌乱的羽毛。

灰姑娘笑着，不断地向观众鞠躬致谢。如果不是之前知道，玛莎可能怎么也猜不到，这个灰姑娘就是她的妈妈。

演出结束之后，她们回到家里。当灯光熄灭时，夜色降临到房间，仿佛命令大家睡觉。玛莎在梦中迷迷糊糊地问妈妈："当你在别花束的时候，想起爸爸了吗？"

"想了。"妈妈停顿了一下，回答说。

"那你为什么哭了？"

"因为我为拥有像你爸爸这样好的人而感到开心。"

"不对！"玛莎嘟囔着说，"人们开心的时候会笑，可你却流泪了。"

"人们因为小的快乐而笑，"妈妈回答说，"因为巨大的快乐而哭。好了，你现在该睡觉了！"

玛莎睡着了，保姆彼得罗夫娜也睡着了。妈妈走到窗前，看见小麻雀帕什卡在窗外的树枝上也睡着了。天空中不断飘落的雪花，给这世界又增添了几分宁静。妈妈想，幸福的美梦和童话也会像雪花一样，纷纷飘落到人们身上。

雨蛙

　　夏季,炎热笼罩着大地已经一整月了。大人们说,这种炎热肉眼可见。

　　"怎么能看得到炎热呢?"塔尼娅逢人便问。

　　那时,塔尼娅五岁,她每天都从大人那儿学到很多新的东西。的确,格列布叔叔说得没错:"无论在这个世界上活多久,哪怕是三百年,也不可能无所不知。"

　　"我们到上面去,我让你看看炎热,"格列布用手指了指屋顶说，"从那儿看得更清楚。"

塔尼娅踩着陡峭的梯子爬上了阁楼。那里亮堂堂的，但因为屋顶被太阳暴晒而显得闷热。老枫树的树枝十分顽固地爬了进来，以至于窗户很难关上，使得窗户整个夏天都敞开着。

阁楼上有个雕栏的阳台。格列布在那儿指着河对岸的草地和远处的森林给塔尼娅看。

"看到黄色的烟了吗？像从茶炊里飘出来的一样，空气都在颤抖，这就是炎热。人的眼睛可以看到一切，既能看到炎热，也能看到寒冷。"

"那寒冷呢，要到下雪的时候才能看到吗？"塔尼娅问。

"不，即便是在夏天也能察觉到。等天气凉爽一些，我就教你看寒冷是什么样子。"

"那怎么看呢？"

"有时，夜晚的天空是绿色的，像潮湿的青草一样。那就是寒冷的天空。"

连日来，院子被太阳烤得炙热。最受罪的要数小青蛙了，它已经躲在院子里的接骨木①灌木丛下面好久了。所有的动物都躲起来了，甚至连蚂蚁也不敢大白天从地下的蚁穴里跑出来，而是耐心地等待夜晚的降临。只有螽（zhōng）斯②不怕热，天越热，它们就蹦得越高，叫得越响。青蛙压根儿捉不住它们，也就开始挨

① 接骨木：属落叶灌木，高可达5~6米。茎无棱，多分枝，花与叶同出。
② 螽斯：鸣虫。中国北方称其为蝈蝈。

饿了。

　　有一天，小青蛙发现了地窖石头门下的缝隙。从那以后它每天都坐在地窖里，在凉爽的砖头台阶上打盹儿。

　　当年轻的女工阿丽莎下到地窖里取牛奶时，青蛙醒了，跳着躲到一个破碎的花盆后面。阿丽莎每次遇到这样的情况，都会吓得尖叫一声。

直到晚上，青蛙再小心翼翼地爬进庭院的一个角落。在那儿，花坛里的烟草花入夜绽放，丛生的翠菊拥挤地生长着。每晚都有人用喷壶给花浇水，因此青蛙在花坛上面还可以呼吸——青蛙从浇过水的土里汲取湿气，偶尔会有凉凉的水珠顺着烟草花芬芳的白色花朵滴落到它的头上。

青蛙坐在黑暗中，瞪着眼睛等待着。等待着人们不再走路，不再说话，不再把杯子弄得叮当作响，不再敲洗手盆的铜杆，最后把灯火拧小、吹灭，房子就立刻变得黑暗而又神秘。

这时候，青蛙就可以在花坛里稍微跳几下，嚼一嚼翠菊的叶子，用爪子碰一碰熟睡的大黄蜂，听听它在睡梦中生气的"咕噜"声。

一天最好的时辰——子夜就到来了。甚至会有露珠滚落，星星就在湿草丛中闪烁。夜很长，安静而又凉爽，草地上孤僻的麻鸭也"咕咕"地叫了起来。再过不久，每家每户院子里的公鸡都清清嗓子叫起来了。

大胡子格列布是一位经验非常丰富的老渔夫。每天晚上他都会收起桌布，从不同的盒子里小心翼翼地倒出金色的青铜鱼钩、圆形铅坠和透明的多色鱼线，然后开始修理他的钓竿。这时塔尼娅是不被允许靠近桌子的，以防某个"苍蝇钩"刺进她的手指。

格列布修理钓鱼竿的时候总是哼着同一首曲子：

一个快乐的渔夫
坐在河岸上，
他面前的鱼漂
随着风荡漾。

但这个夏天格列布遇到了困难——由于干旱，蚯蚓不见了。
即便是最机灵的小男孩也不愿意去挖蚯蚓。
格列布很失望，他在房门上写下几个白色的大字：此处向居民收购蚯蚓。

但这也无济于事。路人停下来，读了门上的字，摇了摇头："嗨，多狡猾的人啊，瞧他写了些什么！"然后就继续往前走了。然而第二天，某个小男孩用同样大的字也写在了门上：用马铃薯酱交换。

格列布只好把所有的字擦掉。

格列布开始往三公里外的峡谷走去，在那里，成堆的旧木屑下面，一小时内能挖出二十来条蚯蚓。

格列布很珍惜它们，仿佛这些蚯蚓是金子做的。他铺上潮湿的青苔，用纱布缠住装蚯蚓的罐子，并把罐子放到黑暗的地窖里。

小青蛙就是在那里找到了蚯蚓。它忙活了很久才把纱布拽了下来，然后爬进罐子里，开始吃蚯蚓。它如此专注，以至于完全没有注意到格列布下到地窖里。格列布捏着小青蛙的后腿儿把它从罐子里拽出来，拿到了院子里。

塔尼娅正在那儿喂一只邪恶的半瞎母鸡。

"你看！"格列布厉声说道，"人家忙活得满头大汗，只为了挖到哪怕是十条蚯蚓，而它们却被一只厚颜无耻的青蛙昧着良心偷吃了，它居然还学会了拆纱布。今天非得教训教训它不可。"

"怎么做？"塔尼娅惊恐地问道，母鸡则不怀好意地眯缝起眼看着青蛙。

"让这只母鸡把它吃掉，就完事儿了！"

青蛙绝望地抖动着四肢，却没能挣脱。母鸡毛儿竖了起来，"扑

腾"一下差点从格列布那儿将小青蛙夺走。

"不要！"塔尼娅朝着母鸡尖叫着，双手捂着脸哭了起来。

母鸡收起爪子等待着，看接下来会发生什么。

"格列布叔叔，为什么要杀死它呢？把它交给我吧。"

"让它再去偷吃吗？"

"不。我会把它放到玻璃罐里，我会喂它的。难道你不可怜它吗？"

"好吧！"格列布同意了，"拿走吧，就这样吧。要不是你替它说情，或者这是一只普通的小青蛙，我无论如何也不会原谅它的。"

"难道它是一只不同寻常的小青蛙？"塔尼娅停止哭泣，问道。

"你没看到吗？这是雨蛙。它擅长预报下雨天。"

"那它也会给我们预报的。"塔尼娅松了口气，然后急忙重复起每天都会从木匠伊格纳特那儿听到的话："啊，多么需要下场雨呀！不然庄稼和园子里的菜都枯萎了，大伙儿那时候就免不了要遭殃喽！"

格列布把青蛙交给了塔尼娅。塔尼娅将它安置在装有青草的玻璃罐子里，然后放到了窗台上。

"需要在罐子里插一根小树枝。"格列布建议道。

"为什么？"塔尼娅问道。

"当它爬上树枝并开始呱呱叫时，就是要下雨了。"格列布回答道。

雨，依然没有要下的意思。青蛙坐在罐子里听人们谈论旱灾，虽然住在罐子里安全、吃得饱，但是闷得慌，它感到呼吸困难。

一天夜里，青蛙沿着械树枝从罐子里爬了出来。它时不时地停下来侧耳倾听，小心翼翼地跳到了花园里。

燕子在凉亭屋檐下住着。青蛙轻轻地叫了一声，燕子就立马从窝里探出头来。

"你想干吗？"燕子问道，"白天跳来跳去，甚至弄得我脑袋'嗡嗡'作响，而到了晚上还要来吵闹，不让我休息。"

"你先听我讲，然后再说话行不行？"青蛙回答道，"其实，我还从来没有吵过你呢。"

　　"嗯，好吧，请讲！"燕子边说边打了个哈欠，"你有什么事？"

　　这时，青蛙对燕子讲述了小姑娘塔尼娅从死神手中救了它的事情。而它，小青蛙，一直也想为塔尼娅做件好事。它终于想到了，但是如果没有燕子的帮助什么也做不了。人们因为不下雨而忧心忡忡。庄稼还没收割就被晒死了，一切都枯萎了。甚至对鸟儿们和青蛙们而言都已经到了困难时期，因为它们的食物蚯蚓和蜗牛都没有了。

　　小青蛙听到了塔尼娅的父亲——一位农学家，谈论旱灾。塔尼娅听了父亲的话却哭了起来。她心疼因这场旱灾而苦恼的父亲以及所有的集体农庄的庄员。有一天，青蛙看到塔尼娅站在一根干枯的花楸树枝旁，碰了碰发黑变脆的叶子，又哭了。青蛙还听到塔尼娅的父亲说，人们很快就会发明人工雨，但是目前还没有这种雨，人们需要帮助。

　　"帮是得帮，"燕子回答说，"只是怎么帮呢？雨离这儿很远，在一千公里以外。我昨天就差一点儿没有飞到那儿，但我看是看到了，那是场大雨，连绵不断。只不过雨走不到这儿，在路上雨就全下完了。"

　　"那你把它带过来吧！"青蛙请求道。

　　"说得倒容易，带过来。这可不是我们家燕的事儿。这需要去请求雨燕。它们飞得更快。"

"那请你和雨燕们商量一下吧！"青蛙继续恳求。

"那你去和它们谈谈呀。你自己也知道，它们是什么样儿。只要一不留神，翅膀绊一下某只小雨燕，就免不了许多不愉快的事情发生，它们会立马冲过来打架。这时叫喊声、吵嚷声、吱吱声就起来了。"燕子无能为力地摇摇头。

青蛙把脸转了过去，一小滴泪珠从它的眼睛里滚落在青草上。

"那好吧，"青蛙低声说，"如果你们家燕没法把雨带来，那么也没有什么好和雨燕们谈的了。"

"我们怎么就不能了？"燕子生气地说道，"谁跟你这么说了？我们什么都能做。甚至能躲避闪电和追赶飞机。对我们而言，把雨带过来，都不算是个事儿。只需要把所有的燕子从不同的地区召集起来就能做到。"燕子用爪子挠了挠嘴，想了想，"好吧！别哭了，我们会把雨赶到这里来的。"

"什么时候呢？"青蛙焦急地问。

燕子又用爪子挠了挠嘴。

"这没那么简单，需要计划一下。召集所有的燕子需要两个小时，飞到雨那里也需要两个小时，带着雨飞回来会更加困难，需要飞四个多小时。最快，明天早上十点左右我们会到这儿。再见喽！"

燕子飞过了椋鸟巢，叫唤了一声便消失在木屋顶后面。

青蛙回到了家，这会儿大家都在睡觉。

青蛙爬进罐子，爬到槭树枝上轻轻地叫了一声，没有一个人

醒来。于是，它就叫得更加响亮了，之后更是愈发响亮，一声比一声响。很快它的"呱呱"声就充满了所有的房间，在花园里都能听得到了，然后整个村子都能听得到了。作为对它的回应，公鸡们也立即惊慌失措地鸣叫起来。

公鸡们努力地想压倒对方，盖过对方的声音，每一声鸣叫都伴随着狂躁地拍打着翅膀的声音，声嘶力竭。它们如此喧嚣，以至于人们在睡梦中以为村子里着火了。

立马，家里所有人都醒了。

"发生了什么事？"塔尼娅睡眼惺忪地问。

"要下雨啦！下雨啦！"父亲从隔壁房间回应道，"你听见了吗，雨蛙在叫！家家户户的公鸡都在叫。这是可靠的预兆啊！"

格列布拿着蜡烛来到了塔尼娅的房间，照亮了装着青蛙的罐子。

"的确是的！"他说，"我猜就是这样！"小青蛙爬上了树枝并且竭力叫喊，它甚至因为太过用力全身的皮肤更绿了。

到了早上，天空和平日一样万里无云，但将近十点钟的时候，在遥远的西边"轰隆"一声，第一声雷鸣沿着大地散开了。

集体农庄的大人们走到河边的峭壁上，向着西边遥望，孩子们则爬上了屋顶。阿丽莎开始急着往所有的排水管下放木盆和桶。塔尼娅的父亲每隔几分钟就会跑到院子里，望着天空，仔细地听，并且总是反复地说着："但愿不要错过，但愿这场大雷雨能下到我们这儿。"

塔尼娅跟在他后面，也学着父亲同样侧耳倾听。

西边升起了黑色的乌云，雷雨离得更近了，它的轰隆声变得更加激越。

格列布急忙收拾好自己的钓鱼竿并给靴子上了油。照他的话说，雷雨过后鱼应该会开始疯狂地咬钩。

然后，空气中开始散发出雨水清新的气息。花园里的树叶轻

轻地响了起来。乌云更近了,愉快的闪电仿佛从最深处掀开了辽阔的天空。

第一滴雨响亮地击打在铁皮房顶上。忽然四周变得如此安静,仿佛大家都在倾听这个声响,焦急地屏住呼吸等待第二滴。

雨自己也留心听着,思索着,它下的这第一滴试验性的雨水是否准确。不一会儿,它就做好决定了,这是准确的,因为刹那间雷声隆隆,无数雨滴降落到屋顶上。窗外大雨倾盆而下,水流闪

闪发光。

"到这儿来！"格列布从阁楼上喊道，"快点！"

大家都沿着楼梯跑向阁楼，而塔尼娅，落在了后面。

在阁楼上大家看到了几千只，也许是几万只小鸟在大地上方催赶着积雨云，不让它偏离方向。它们的翅膀扇起的风使乌云越来越低，向地面下沉。乌云不情愿地朝着干涸的土地和菜园走着，嘟囔着，雷声轰隆作响。

有的鸟儿们托起雨水的细流，同它们一起向前飞奔，仿佛身后拖着透明的水线。

当所有鸟儿同时抖动翅膀，雨就变得更大了，而且轰鸣声更加响亮，在阁楼上大家都高声欢呼，却听不到彼此的声音。

"这是怎么回事？"塔尼娅喊道，"这是鸟雨吗？"

"我不明白。"塔尼娅父亲回答道，"格列布，你想到什么了吗？"

"什么都想不到。"格列布回答说，"像燕子的世界大迁徙。"

当屋顶雨水不停的巨响变成平缓的"隆隆"声，并且所有的燕子都已经飞过时，塔尼娅将青蛙从罐子里放了出来，放到了嘈杂而又清新的园子里。那里的小草和树叶都因雨水的拍打而摇晃着。

塔尼娅小心翼翼地抚摸着青蛙那又小又凉的脑袋，说："嘿，谢谢你唤来了雨。你现在可以平静地生活了，谁都不会动你的。"

青蛙看着塔尼娅，并没有回答。人类的语言它连一个字都不会讲，只会"呱呱"地叫。但它的目光如此忠诚，以至于塔尼娅再一次抚摸了它的脑袋。

　　青蛙跳到了烟草花的叶子下面，然后开始抖动身体，此刻它需要在雨中沐浴。

　　自那之后，谁都不敢再动小青蛙了。年轻的女工阿丽莎碰到它也不再尖叫，而格列布每天都会从自己宝贵的虫罐子里拿出几条最好的蚯蚓喂它吃。

　　周围的庄稼开始疯狂地抽穗，雨水灌溉过的湿润的土地和菜园开始散发出新鲜黄瓜、番茄和土茴香的浓烈的气息。鱼儿也开始贪婪地咬钩，以至于格列布贵重的金色青铜鱼钩每天都被扯断。

塔尼娅在院子里跑来跑去，和小青蛙玩捉迷藏，她的裙子被露水打湿了。好奇的蜘蛛们手忙脚乱地从树枝上爬到看不见的蛛网上，它们想知道园子里为什么充满了喧嚣和欢笑。当知道是怎么回事之后，它们平静了下来，把自己的网卷成灰色的小球，像是大头针的头儿，然后在树叶的暗影下再铺撒开来。

体贴的花朵

有这样一种植物，它长得高高的，开着红紫色的花朵，这些花儿聚集成串一齐绽放，它叫作柳兰①。

我想讲述的正是关于柳兰的故事。

去年夏天，我住在一个小镇里。小镇坐落在一条水量充沛的河流旁边，柳兰生长在河流边上，附近还种植着成片的松树林。

①柳兰：一种多年生粗壮草本植物，直立，丛生，长可达2米，花开呈紫红色。

就和所有小镇一样,小镇的集市上整天都停着干草车,毛茸茸的小马在干草车旁边睡着。傍晚,从草地上归来的牛群在晚霞下扬起红色的尘土,嘶哑的喇叭里播报着当地的新闻。

有一日,薄暮时分,我从集市去林场,林场坐落在城郊河畔。

男孩们在街道中间踢着足球。喇叭在电线杆上挂着。喇叭里突然开始发出敲击声,有人咳嗽几下清清嗓子,用低沉的嗓音说:"小朋友们! 提醒你们,明天早上六点钟,将举行去莫霍沃伊森林捡松鼠的储藏的活动。本次活动将由林场员工安娜·彼得罗夫娜负责。"

我不明白,这说的是什么? 这件事又该问谁? 男孩们继续踢着球,仿佛没听到大喇叭里传出来的闷雷般的声音。一位老妇人从隔壁小房子的窗户里探出头来。

"彼佳!"她用颤巍巍的声音喊道,"库贾! 回家去,不听话的孩子们。明天一大早就要去森林里,而你们却踢起球来。明早我可不叫你们起床。我不是你们的闹钟。"

"马上!"男孩们叫着回答道,"再踢最后一个球!"

突然,足球砸中了拴在台阶上的山羊。山羊惊叫着用后腿站了起来,用力扯断了绳子。

孩子们四散跑开。愤怒的主妇们纷纷从窗户里探出头来。

"调皮鬼!"主妇们大喊道,"我这就告诉安娜·彼得罗夫娜,让她不带你们去森林。"

我继续往前走。在集市的角落里我看到了男孩们。原来,他

们在这儿躲避主妇们。

"孩子们，"我问道，"广播里说的'松鼠的储藏'是什么？"

男孩们开始争先恐后地告诉我："没有谁比松鼠更擅长收集松果。"

"它们为自己储备过冬的食物，"男孩们喊道，"堆到树洞里。你别推我呀！让我说。松鼠只收集好的松果。"

"没有我们谁也弄不到这些松果！"一个说话大大咧咧的蓝眼睛小男孩喊道，"树洞很高，但我们三下两下就上去了！眨眼间就能拿走所有的松果。"

　　"可你们不觉得小松鼠可怜吗？"我问道。

　　"松鼠不会见怪的！"男孩们毫不担心地大喊道，"它们两三个小时就能再搬来整整一树洞的松果。"

　　"您要往林场走吗？"蓝眼睛小男孩问我。

　　"是的，去林场。"我点点头回答他。

　　"我们很早就注意到，您常去那儿。那么，请您不要告诉安娜·彼得罗夫娜关于山羊受伤的事。我们是不小心才让山羊被球砸到的。"

　　我答应了小男孩们什么也不跟安娜·彼得罗夫娜讲。但即使我告诉她关于山羊受伤的事情，我想安娜·彼得罗夫娜也不会生小男孩们的气。因为她是位年轻开朗的姑娘，一年前刚刚从森林技术学校毕业。

　　在林场的房子附近，有一片花丛，花朵和草木沿着山谷的斜坡茂密地生长着。一条小河在山谷里流淌，在不远处它汇入了一条大河。

　　静静的小河有着慵懒的水流和两岸茂密的草丛，在这些草丛中被踏出了一条通往河边的小径。草丛边放着一条长凳，空闲的时候林务员米哈伊尔·米哈伊洛维奇、安娜·彼得罗夫娜和别的林场员工喜欢来这长椅上小坐，看看蚊虫怎样在水面上一窝蜂地上下飞舞；看看落日残阳如何在像帆船似的云彩中燃烧殆尽。

那天晚上，我在河边遇见了坐在长凳上的米哈伊尔·米哈伊洛维奇和安娜·彼得罗夫娜。

我们脚边的水涡中漂着一片绿得异常的浮萍。干净的地方开着连心萍，白白的、薄薄的，花心泛红，像点着的卷烟纸一样。在水

涡上方岸边的斜坡上,柳兰茂密地生长着。

"柳兰是我们的助手。"米哈伊尔·米哈伊洛维奇说。

"松鼠也是不错的帮手。"安娜·彼得罗夫娜补充道。

"我刚刚才知道关于松鼠的事,"我说,"从小男孩们那儿听来的。是真的吗? 你们要从松鼠那儿抢松果吗?"

"当然了!"安娜·彼得罗夫娜回答道,"这世上没有比松鼠更好的松果采集者了。明天和我们一起去森林吧! 你自己看一看。"

"那好吧,一起去吧。"我同意了,"但我不知道,这柳兰对你们能有什么样的帮助？直到现在我也只知道,它的叶子可以当茶泡着喝。"

"人们给它起绰号叫'伊万茶'。"米哈伊尔·米哈伊洛维奇解释道,"而它是这样帮我们的……"

米哈伊尔·米哈伊洛维奇开始讲述:

柳兰总是在火烧过或采伐过的地方繁茂生长起来。不久前,柳兰还被认为是杂草,认为它只能被当作廉价的茶。守林员们毫无怜悯地拔除了所有长在小松树旁边的柳兰。他们之所以这么做,是因为他们认为柳兰似乎会阻碍松树幼苗的生长,抢夺它们的阳光和水分。

但人们很快发现,在那些被拔除了柳兰的地方,小松树完全无法同寒冷抗衡,它们会由于早秋常有的清晨的寒气而全部死亡。

科学家们开始寻找原因,并且最终找到了。

"那是怎么回事呢?"米哈伊尔·米哈伊洛维奇自问自答道,"原来,柳兰是一种非常温暖的花。当秋天的寒冷来袭时,霜给草镀上银色,而柳兰附近却没有霜。这是因为柳兰周围有着温暖的空气,这种花从自己身上释放出温暖。在这种温暖中,柳兰周围所有的邻居们,包括所有羸弱的幼芽都毫无畏惧地生长着。当冬天还没有用像棉被一样厚厚的白雪覆盖它们的时候,就能看到,柳兰总是茂密地生长在小松树旁边。柳兰是它们的守卫者,它们的保护者,它们的保姆。有时,在严寒中,柳兰的整个顶梢都被冻死了,但它仍然不放弃,活着并呼吸着,释放着温暖的气息。多么无私的花啊！"

安娜·彼得罗夫娜说："柳兰不仅给空气加温，也给土壤供暖，因此这些嫩芽的幼根也不会被冻死。"

"您以为，只有柳兰是如此美好吗？"米哈伊尔·米哈伊洛维奇转过头来问我说，"几乎每种植物都可以讲出如此令人难忘的故事，让你只有惊叹。任何一种花，都有故事。植物医治我们的疾病，带给我们良好的睡眠、充沛的力量，供我们穿，给我们吃，植物的好处数之不尽。我们没有比植物更好的朋友了。如果我会讲故事的话，我会讲一讲每一棵小草，每一棵不起眼的小毛茛(gèn)①或小穗的故事，让所有年老的善良的讲故事的人都嫉妒起我来。"

"那还用说？"安娜·彼得罗夫娜说，"如果那时他们就知道

---

① 小毛茛：多年生草本植物，茎叶有茸毛，单叶，掌状分裂，花黄色，有光泽。植株有毒。

我们现在所知道的东西,那也就不需要童话了。"

第二天,我同孩子们和安娜·彼得罗夫娜一起去了莫霍沃伊森林,看到了松鼠的松果仓库,在森林中被火烧过的地方和新栽种地里看到了柳兰花丛。从那时起,我开始像对待自己忠实的朋友一样对待松鼠、柳兰和小松树。

临走前,我折下了一串柳兰。安娜·彼得罗夫娜把它放到干沙子里烤干了,因此花朵将始终保持着鲜艳的红紫色。

回到莫斯科,我把这串干柳兰夹在了一本厚厚的书里,这本书的名字叫作《俄罗斯民间童话》。每次当我打开这本书的时候,便想到我们周遭的生命,哪怕是这种简单而朴素的花儿,都比最神奇的童话故事更加有趣。

老房子里的居民

　　烦恼始于夏末。那时候，在老旧的木房子里出现了一只走路弯曲着腿的腊肠犬，它叫丰季科，是被人从莫斯科带来的。

　　有一天，黑猫斯捷潘像往常一样坐在门廊上，它舔了舔张开的爪子，不慌不忙地洗着脸。然后眯缝着眼睛，用沾满唾液的爪子用力地搓揉自己的耳朵后面。

　　突然，斯捷潘觉察到一道凝视的目光。它环顾四周，爪子在耳后一动不动地定住了。一条棕红色的小狗站在那儿，它的一只耳朵卷了起来。小狗好奇地颤抖着，将潮湿的鼻子伸向了斯捷潘，它想嗅一嗅面前这只神秘的野兽。

"啊，原来是一条走路样子难看的狗！"斯捷潘的眼睛气得发白，趁机打了丰季科外翻的耳朵。

战争宣告开始。从那时起，对黑猫斯捷潘而言，生活丧失了所有的魅力。它甚至都不敢再奢望，倚靠在干裂的门框上慵懒地擦脸，或者在水井旁的阳光下打滚儿。它走路都不得不小心翼翼，踮着脚，不时地环顾四周，并且总在挑选前面的某棵树或者栅栏，以便能及时逃离丰季科。

同所有的猫一样，斯捷潘也有固定的习惯。它喜欢清晨在长满白屈菜①的园子里溜圈儿，驱赶老苹果树上的麻雀，捕捉黄色的菜粉蝶，并在腐朽的长凳上磨爪子。但现在它在绕园子溜圈儿的时候，不能再沿着地面，而只能沿着高高的栅栏走。不知什么原因，栅栏被带刺的生锈的铁丝网紧裹着，还如此狭窄，以至于斯捷潘有时要琢磨很久才决定在哪儿下脚。

说起来，斯捷潘的生活里曾有过各种的麻烦。有一次，它还偷吃了鳃里卡着鱼钩的拟鲤。斯捷潘甚至都没有生病。好在这一切麻烦都过去了。但它还从来没有因为一只长得像老鼠似的弯腿狗而忍受屈辱。斯捷潘的胡子因愤怒而颤抖。

整个夏天，黑猫斯捷潘只有一次坐在屋顶上笑了一下。

---

① 白屈菜：属罂粟科。四枚花瓣十字形排列似油菜花。

　　在院子里卷曲的扁蓄草①丛中，放着一个装有浑水的木碗，人们往里面扔黑面包皮来喂鸡。小狗丰季科来到碗边，小心翼翼地从水里抽出一大块泡软了的面包皮。

　　一只人称"格尔拉奇"的爱吵架的长腿公鸡，用单只眼睛看着丰季科，然后扭过头来又用另一只眼睛瞧它。公鸡无论如何也无

————————————

① 扁蓄草：又名竹片菜，一年生草本植物，生长于田野或路旁，全草可药用。

法相信,就在这儿,就在身旁,光天化日之下竟然发生了抢劫案。

公鸡思考了一会儿,抬起了爪子。它的眼睛充着血,体内有股东西在沸腾,远处的雷声仿佛在公鸡身体里轰鸣。黑猫斯捷潘知道,这意味着公鸡狂怒了。

公鸡迅猛而令人恐惧地踩着长满老茧的爪子,飞一般地冲到丰季科身边,啄了一下它的背,一个短促而响亮的敲击声传来。丰季科撒下面包,夹紧耳朵,伴随着一声绝望的哀号,冲进了房屋下方的通风口。

公鸡得意扬扬地拍打着翅膀,扬起厚厚的灰尘。它啄起泡软的面包皮,厌恶地将它扔到一边。公鸡一定是闻到了皮子上的狗味儿。

　　小狗丰季科在房子下面坐了几个小时，直到傍晚才爬出来。它从一旁绕过公鸡，溜进房间里。它的脸上全是落满灰尘的蜘蛛网，胡子上还粘着干蜘蛛。

　　但比公鸡恐怖得多的是一只黑瘦的母鸡。它脖子上的毛，像一条杂色的披肩，整个儿看起来像个吉卜赛算命女郎。村里的老太太说：母鸡因凶恶而变成黑色。的确，它一点儿也不温和。

　　这只母鸡像乌鸦一样地飞，爱打架，能在屋顶站上几个小时，还不停歇地"咕咕"叫。即使用砖头也无法将它从屋顶上赶下来。当我们从草原或者森林里回来的时候，远远就能看到这只母鸡，它站在烟囱上，就像是用铁皮雕刻成的。

　　这让我们回想起中世纪的小酒馆。我们曾在沃尔特·斯科特①的小说中读到过它们。在这些中世纪的小酒馆的屋顶上，用铁皮做的公鸡和母鸡代替招牌竖立在杆子上。

　　就像在中世纪的酒馆里一样，家里迎接我们的是黄色苔藓塞缝的黑色原木墙壁，炉子里熊熊燃烧的木柴块和屋子里弥漫着的茴香的气息。不知为何老房子总会散发着茴香和木屑的气味。

　　我们在多云的日子里读沃尔特·斯科特的小说。那时，温润的雨水在屋顶和花园中沙沙作响，树上的湿叶子在小雨滴的撞击下颤动着，一股纤细透明的水流从排水管中流出，而在水管下，一

————————————
① 沃尔特·斯科特：英国著名的历史小说家和诗人。

只青蛙坐在水坑里,水径直流到它的头上,但是青蛙并没有动,只是眨了眨眼睛。

不下雨的时候,青蛙坐在盥洗台下面的小水坑里。凉凉的水滴每隔一分钟便会从盥洗台落到它的头上。我们从沃尔特·斯科特的那些小说中得知,中世纪最可怕的酷刑便是冰水缓慢地滴落到头上,于是我们对青蛙感到惊讶。

青蛙有时晚上来到房子里,它跳过门槛,能盯着煤油灯里的火苗坐上几个小时。

很难理解这个火光为何能如此吸引青蛙。但后来我们猜到了,这只青蛙来观看明亮的火苗,就像孩子们为了在睡前听一个神秘故事,而聚集在一个未打扫的饭桌周围一样。火光时而闪烁,时而因在玻璃灯罩里燃烧的绿色蠓虫儿而变暗淡。想必在青蛙看来,火苗便是一块大钻石。在那里,如果长时间仔细观察,就能在每一个棱面里看到满是金色瀑布和彩虹色星星的国度。

青蛙对这个火苗如此着迷,以至于不得不用棍子给它挠痒痒,让它回过神来,让它回到腐朽的门廊下面的住处里去,在门廊的台阶上蒲公英竟然开花了。

下雨的时候,屋顶有些地方漏水。我们将铜盆放到地板上,滴落到盆子里的水声因为夜晚的寂静而变得格外响亮而富有节奏,这个节奏还经常伴随着挂钟响亮的嘀嗒声。

挂钟很欢乐,它身上画满了茂密的蔷薇花和三叶草。丰季科每次路过挂钟的时候,都会轻轻地低声"呜呜"叫。也许,它是为了提醒挂钟知道，房子里面有只狗的存在，让挂钟警惕着，不允许有任何的放肆，不能一昼夜走快了三个钟头，或者没有任何理由地停下来。

房子里有很多旧物件。以前，房子的主人需要这些东西，但是现在这些东西在阁楼上积灰落尘、干燥裂缝、老鼠乱爬。

我们偶尔在阁楼上开展发掘工作，有时从断裂的窗框和由浓密的蛛网做成的"窗帘"中，发现一盒已经结成各色硬块的油画颜料；有时发现一个破碎的用珍珠贝做的扇子；有时是"塞瓦斯托波尔围城战"时期的铜制咖啡研磨机；有时是一本印有古代历史版画的巨大而沉重的书。终于，我们找到一包转印画版。

我们转印了它们。在泡软的纸薄膜下出现了维苏威火山明亮而又黏稠的景色，戴着玫瑰花环的意大利毛驴，顶着蓝缎带草帽玩掷环游戏的小女孩和被漂浮的硝烟成团包围的护卫舰。

有一次，我们在阁楼上找到了一个黑色的木匣子。在有铜铸的字母的盖子上，镶嵌着英文字样"爱丁堡·苏格兰·加尔维斯顿大师铸"。

我们把木匣子拿进房间，仔细地擦掉灰尘，打开了盖子。木匣子里面是带有细细的钢轴颈的铜辊子，每根辊子旁边的青铜手柄上都坐着铜蜻蜓、铜蝴蝶或铜甲虫。这是一个音乐盒。我们给它上了发条，但它没有响。我们徒劳地按了甲虫、蝴蝶和蜻蜓的背，音乐盒是坏了的。

晚上喝茶时，我们谈论了黑色木匣子上铸着名字的神秘大师加尔维斯顿。大家一致认为，这是一位穿着格子背心和皮革围裙的快乐的苏格兰老人。工作时，他会用老虎钳转动铜辊。也许，他用口哨吹着小曲儿，吹着一位在迷雾笼罩的山谷里年轻的邮递员和一位在山上捡柴火的女孩的故事。像所有优秀的大师一样，他同自己的作品进行了交谈，并预言了它们未来的生活。

但是，他唯一猜不到的是，这个黑色木匣子会从苏格兰苍白的天空坠落到奥卡河对岸荒芜的森林中，来到一个就像在苏格兰一样，只有公鸡在歌唱的村庄，而其余的一切都和这个遥远的北方国家不同。

从那时起，加尔维斯顿大师就成了旧村舍里无形的居民之一。有时我们甚至觉得听到了他被烟斗里的烟气呛到时粗重的咳嗽声。而当我们钉东西，比如：钉凉亭里的桌子或者是新的鸟屋，并争论着该如何拿刨子，或者如何将一块板装配到另外两块板上时，我们经常提到加尔维斯顿大师，仿佛他正站在一旁，眯缝着灰色的眼睛，嘲笑地看着我们。而且我们所有人都哼唱着加尔维斯顿喜欢的最后一首歌：

再见吧，大地，

船即将驶向海洋！

永别了，

我温暖的家乡……

木匣子被放到了桌子上，挨着天竺葵花，最终被人遗忘了。

但不知怎么回事，在秋天的一个深夜里，一所回音很大的老

房子里响起了清脆婉转的声音,仿佛有人用小锤子敲了敲钟,旋律便从这美妙的钟声中流淌出来:

你会回到

美丽的山谷来……

这是木匣子突然从多年的睡梦中醒来并开始演奏。一开始,我们感到害怕,甚至连小狗丰季科听到声音都跳起来,小心翼翼地一会儿竖起一只耳朵,一会儿又竖起另一只耳朵。很显然,盒子里的某根发条开始跳动了。

音乐盒响了很久,时而停下来,时而再次用神秘的声音填满房子,连挂钟都因为惊讶而安静了下来。

音乐盒演奏完所有的曲目,再次沉默了,无论我们如何努力,都没能让它再响起来。

如今,深秋,当我住在莫斯科时,音乐盒还摆放在那间空荡荡的没有供暖的房间里。也许,在某个漆黑宁静的夜里,它会再次醒来歌唱,但除了胆怯的老鼠之外,没有人聆听了。

在之后的很长一段时间里,我们用口哨吹着类似"你会回到美丽山谷来……"的旋律。直到有一天,一只老八哥为我们用口哨吹出了同样的旋律。老八哥住在小门附近的鸟窝里。在那之前,虽然它嘶哑的嗓子总唱着奇怪的歌,但是我们赞赏地听着。我们猜想,这些歌曲是它在非洲听黑人儿童做游戏时学会的。不知为何,令我们感到高兴的是,下个冬天,或是在一个无比遥远的地方,或是在尼日尔河畔茂密的森林中,八哥会在非洲的天空下吹响一首关于辞别欧洲古老山峰的歌曲。

每天早晨,我们在花园里的木桌子上撒下面包屑和米粒,数十只行动敏捷的山雀涌向桌子,啄食面包屑。山雀有着毛茸茸的白色脸颊,当它们集中在桌面上啄食时,好像数十个白色的锤子在桌子上急促地敲打。

山雀们争吵着,"叽叽"地叫着,这种"叽叽"的叫声让人联想起指甲快速敲击杯子的声音,它汇聚成一股欢快的旋律,似乎花园里的木桌子上有一个富有生命力的音乐盒在歌唱。

在老房子的居民中，除了小狗丰季科、黑猫斯捷潘、公鸡、母鸡、挂钟、音乐盒、加尔维斯顿大师和八哥之外，还有一只被驯化了的野鸭子、一只被失眠折磨的刺猬、一个刻有"瓦尔代的礼物"字样的铃铛和一块始终显示"大旱"的晴雨表。

关于它们，我们不得不下次再谈——现在时候已经不早了。

但是，如果听了这个小故事之后，你梦到了夜晚音乐盒欢快的演奏，雨水滴落在铜盆里的声响，丰季科因对挂钟不满而发出的低吼，或者是好心肠的加尔维斯顿的咳嗽声。我就会觉得，这一切没有向你白讲。

獾的鼻子

临岸的湖面上落满了黄叶。落叶是那样多，以至于我们无法钓鱼。钓鱼丝躺在叶子上，沉不下去。

我们不得不坐着旧独木舟来到湖中央，那儿的睡莲仍在绽放，原本淡蓝色的湖水此刻看起来却是黑色的，像沥青。我们在那儿钓到了不同颜色的鲈鱼，捞出了眼神呆滞的拟鲤和双目像两轮小月亮似的梅花鲈。狗鱼朝着我们"咯咯"地咬着像鱼子酱一样的小牙。

秋日在阳光和雾气中绵延。透过草木凋零的树林，可以看到远处的白云和浓浓的蓝雾。夜晚，低垂的星星在我们周围的灌木丛中闪烁。

驻地上燃着篝火。我们让篝火整日整夜不停地燃烧着，来驱赶狼。狼看见火，沿着遥远的湖岸轻声低嚎。篝火的烟雾和人类欢快的叫喊声使它们感到不安。

我们当时笃信野兽惧怕火焰。直到有一天晚上，在篝火旁的草丛中，有一只动物焦急地在我们四周跑来跑去，将高高的草丛弄得"沙沙"作响，生气地用鼻子"扑哧扑哧"地出气，发出愤怒的"哧哧"声。而我们却看不到它，它甚至连耳朵都不从草丛中露出来。锅里煎着的土豆散发出一股鲜香，野兽显然是闻到了这个香味，跑了过来。和我们同行的有一个小男孩，他只有九岁，却很好地经受住了秋天森林里夜晚和黎明的寒冷。他比成年人更加敏锐地注意到了周围的这一切，并告诉了我们。他是位臆想家，但我们这些大人们非常喜欢他的天马行空。我们无法，也不想去证明他说的事是否可笑。他每天都会说出点新奇的事情：有时听到鱼儿窃窃私语，有时又看到蚂蚁用一堆松树皮和蜘蛛网做成小船，趁着奇妙的彩虹般的夜色渡过小溪。我们都假装相信他的话。

我们周围的一切在他的眼里似乎都与众不同。照耀在漆黑湖面上的月光；粉红色雪山似的高高的云朵；甚至是高耸的松树，随风摇曳所发出的熟悉的"哗哗"声。

男孩是最先听到野兽的嗤鼻声的，他"嘘"了一声让我们安静。我们立刻静了下来，甚至屏住了呼吸，虽然手不由自主地伸向双筒猎枪，谁知道这会是只什么野兽？

不一会儿，野兽从草丛中探出了潮湿的黑鼻子，像猪的拱鼻。鼻子贪婪地颤动着，在空气中嗅了很久，随后从草丛中露出了尖长的嘴脸和一双乌黑发亮的黑眼睛，最终现出了条纹状的毛皮，原来是一只小獾。它收起爪子，仔细地看着我，而后嫌恶地嗤鼻"呼哧"一声，朝着锅里的土豆又靠近了一点。

土豆正喷溅着沸腾的油脂，煎得"嘶嘶"作响。我想冲着小獾喊："你会被灼伤的。"但我晚了一步，獾跳向煎锅并将自己的鼻子伸了进去……

立刻，空气中散发出一股皮肤燎焦的气味。獾尖叫一声，哀号着冲回草丛。它在森林里奔跑、叫喊，四肢折断了灌木丛，因愤怒和疼痛而吐着口水。

顿时，湖泊和森林陷入一片骚乱之中。受惊的青蛙大叫起来，鸟儿们也惊慌失措，一条沉甸甸的狗鱼不停地拍打着湖岸，像大炮射击的声音一样。

第二天早上，男孩叫醒了我，说他刚刚看到那只受伤的獾在医治自己烧焦的鼻子。

我不相信。我在篝火旁坐下，半睡半醒间听到清晨的鸟鸣。远处，白尾鹞①不时轻声啼啭，鸭子"嘎嘎"地叫着，鹤在干涸的沼泽里鸣叫，鱼儿拍打起水花，斑鸠"咕咕"地低声交谈。我一动也

①白尾鹞：中型猛禽，栖息于湖泊、沼泽地带。以小型鸟类、鼠类为食。

不想动。

男孩觉得委屈，拽着我的手想向我证明他没有说谎。他叫我去看獾是如何疗伤的，我勉强同意了。

我们小心翼翼地走进森林，在帚石南①花丛中，我看到了一块腐烂的松树桩，从那里散发出蘑菇和碘的气味。

獾站在树桩旁边，背对着我们。它用爪子在树桩上抠出窟窿，

---

① 帚石南：杜鹃花科，常绿灌木，耐寒性强，在冬季低温时叶片变成棕红色或暗紫色。

将它烧伤的鼻子伸进树桩窟窿中间湿冷的碎屑中。它一动不动地站着,想用这些湿冷的碎屑冷却自己不幸的鼻子,而另一只小獾在它周围嗤着鼻跑来跑去,它看起来很是担心伙伴,并用鼻子推搡伙伴的肚子。那只受了伤的獾朝它低吼,并用毛茸茸的后腿踢它。

不一会儿,受伤的獾看到我们,它坐下哭了,用它那双圆圆的湿润的眼睛看着我们,呻吟着,粗糙的舌头舔舐着受伤的鼻子。它像是在寻求帮助,但我们什么也帮不了。

一年后,我在这个湖泊的岸边遇到了一只鼻子上有伤疤的獾。它坐在水边,试图用爪子捕捉像飞机一样轰鸣的蜻蜓。我向它挥了几下手,它却朝我生气地发出像打喷嚏一样的声音,并躲进了越橘丛中。

从那以后我再也没有见到过它。

野兔的脚掌

万尼亚·马利亚温从乌尔任斯基湖来到我们村的兽医这里，并带来了一只包裹在破棉袄里的野兔。

兔子流着泪，眨巴着红红的眼睛。

"你怎么，傻了吗？"兽医喊道，"淘气的小家伙，你是不是马上就要把老鼠也往我这里送了？"

"您别骂，这是一只特别的兔子，"万尼亚用嘶哑的嗓子低声说道，"爷爷派我把它送来的，说您一定要给它治疗。"

"治疗什么？"

"它的爪子被火烧伤了。"

兽医把万尼亚的身子转向门口，往背上推了一把，呵斥道："走吧，走吧！我治不了它。把它带回去，和葱一块煎熟了，给你爷爷当点心吃吧！"

万尼亚什么也没有说。他走到门廊前，一头靠在原木墙上，抽了几下鼻子，泪水从脸颊流了下来，万尼亚带来的兔子在他沾满油污的短上衣下轻轻地颤抖着。

“你怎么了？孩子，发生什么事了？”有同情心的老奶奶阿尼西娅正赶着自己唯一的一头山羊来兽医家，她见万尼亚满脸痛苦，忍不住关切地问道。

“它，爷爷的兔子，被烧伤了。”万尼亚边抽泣边小声地说，“它在森林火灾中烧坏了自己的爪子，不能跑了，眼看着就要死了。”

“它不会死的，孩子。”阿尼西娅因缺牙而含糊不清地说，“回去告诉你的爷爷，如果他很想把兔子治好，就请带它去城里找卡尔·彼得罗维奇。”

万尼亚擦干眼泪，穿过森林，向乌尔任斯基湖边的家中走去。不，他不是走去的，而是光着脚奔跑在滚烫的沙子路上。不久前的森林火灾，绕道向紧挨着湖的北面烧去了。林中空地里丁香花成片成片地生长着，大火烧过之后，空气中散发着焦煳味和干丁香的气味。

野兔还在呻吟着。

万尼亚在路上发现了一丛丛茂盛的覆盖着银色软茸毛的叶子，他将它们拔起，放在一棵松树下，并将野兔摊开来。兔子看了看树叶，把头埋了进去，安静了下来。

“你怎么了，小野兔？”万尼亚轻声地问道，“你最好能吃点东西。”

兔子沉默着。

“你最好吃点吧，”万尼亚重复道，他的声音颤抖着，“或许，你想喝点水？”

兔子动了动有些撕裂了的耳朵,痛苦地闭上了眼睛。

万尼亚抱起它,径直穿过森林,心想着必须尽快让兔子喝足水。

这个夏天,空前的炎热笼罩着整片森林。早上才飘来一串白色的云朵,但到了中午,云朵急速地冲向天顶,很快就消散而去,消失在天边的某个地方。酷热的风已经毫不停歇地刮了两个星期,松树树干上流下来的树脂凝固成了琥珀。

第二天早晨,爷爷换上干净的包脚布,穿上崭新的草鞋,带上一块面包,拿上手杖便蹒跚地向城里走去。万尼亚跟在爷爷后面,怀里抱着野兔。

野兔完全不作声了,只是偶尔还会浑身哆嗦一下,急促地深呼吸。

一阵干燥的风,在城市上空吹起像面粉一样细密的尘土。尘土里飞舞着鸡毛、干树叶和麦秸。远远望去,就像大火在城市上空静静地冒着烟。

集市广场,闷热不堪,几乎没有人在街上。拉车的马在配水所旁边打盹儿,它们的头上都戴着草帽。爷爷在胸前划了个十字。

"像马不是马,像新娘不是新娘,鬼才分得清!"他说着,吐了一口唾沫。

他们花了许多时间向路人打听关于卡尔·彼得罗维奇的情况,但谁也没能清楚地回答任何问题。他们走进了一家药店,一个身材有些胖的老人戴着一副夹鼻眼镜,穿着白色大褂,听完爷爷的询问，愤怒地耸了耸肩膀说："开什么玩笑！问得可真稀奇！卡尔·彼得罗维奇是儿童疾病方面的专家，他都已经三年不接诊了，你们还来找他干吗？"

出于对药剂师的尊敬和畏惧，爷爷结结巴巴地讲述了关于野兔的事情。

"真稀奇。"药剂师说，"我们的城市里可出现了一个有意思的病人——一只野兔。更有意思的是，还要找儿科医生给这兔子看病，这可真稀奇！"

药剂师激动地取下夹鼻眼镜，擦干净，重新戴到鼻梁上，目不转睛地盯着爷爷。爷爷沉默着，在原地踟蹰。药剂师也沉默着。沉默的气氛使人难堪。

"邮政街，3号！"药剂师突然高声喊道，"啪"的一声合上一本翻破了的厚厚的书。"3号！"

爷爷和万尼亚刚刚赶到邮政街时，雷雨从奥卡河那边高空移过来了。懒洋洋的雷在地平线上伸着懒腰，像一个刚睡醒的大力士伸直了肩膀，不情愿地抖了抖大地，灰色的涟漪顺河而下，寂静的闪电悄悄地，却又迅速而强烈地击打在草地上。远处，被闪电点着的干草垛已经开始燃烧。巨大的雨点洒落在尘土飞扬的道路上，很快路面就变成了月球表面：每个雨滴都在路面上留下了一个小坑。

当窗户上照映出爷爷凌乱的胡须时，卡尔·彼得罗维奇正弹奏着钢琴，旋律悲伤而悠扬。

一分钟后,卡尔·彼得罗维奇就已经在生气了。

"我不是兽医!"他说着,"砰"的一声合上了钢琴盖。天空中即刻响起了低沉的隆隆雷声。"我一生都在医治孩子,而不是兔子。"卡尔·彼得罗维奇说道。

"什么孩子，什么兔子，都是一样的。"爷爷固执地喃喃道，"都是一样的！给它治一治吧，请行行好吧！我们的兽医管不了这些事情，他是个马医。而这只野兔，可以说是我的救命恩人，我欠它一条命，我希望它能活下来！"

又过了几分钟，卡尔·彼得罗维奇，这位有着灰褐色眉毛的老人，激动地听完了爷爷结结巴巴讲述的故事。

卡尔·彼得罗维奇最终同意医治兔子了。第二天早上，爷爷回到湖边去了，而万尼亚留在了卡尔·彼得罗维奇家照顾野兔。

一天后，整条长满了扁蓄草的邮政街都知道卡尔·彼得罗维奇正在医治一只野兔，这只野兔为救下一位老人在可怕的森林大火中被烧伤了。

两天后，这件事情已经传遍了整个小城。而到了第三天，一个戴着细毡帽的大个子青年来到了卡尔·彼得罗维奇家，他自称是莫斯科一家报纸的雇员，请求医生谈一谈关于野兔的事情。

野兔被治好了。万尼亚用破棉布包着野兔，将它带回了家。不久，人们就忘记了关于野兔的故事。而之后的很长一段时间，只有一位莫斯科的教授一直设法让爷爷把野兔卖给他。他甚至寄来了含有回信用的邮票的信。但是爷爷并没有同意。在他的口述下，万尼亚给教授写了一封回信："野兔是不能卖的，它是活着的灵魂，就让它自由自在地活着。这样，我仍然还是拉里昂·马里亚文。"

这个秋天，我在乌尔任斯基湖上的拉里昂爷爷家度过了一个夜晚。繁星点点，倒映在水面上，像冰粒一样，泛着寒光。干芦苇

"沙沙"作响。鸭子在草丛中挨冷受冻,整夜悲伤地"嘎嘎"叫。

爷爷无法入睡。他坐在火炉旁,修理着破烂的渔网。过了一会儿,他生上茶炊,小屋里的玻璃窗立即因此蒙上了一层水汽,星星也从火点变成浑浊的球儿。

小狗穆尔济克在院子里吠叫。它在黑暗中跳起,牙齿"咯咯"地响,而后跳开,同漆黑的十月的夜晚斗争。这时,野兔正睡在走廊里,偶尔在梦中用后爪用力地敲打着腐朽的地板。

我们晚上喝着茶,等待着遥远而踌躇的黎明。喝茶时,爷爷向我们讲起了关于野兔的故事。

八月,森林像火药库一样干燥。爷爷去湖的北岸打猎。爷爷遇见了一只左耳有撕裂伤的小野兔,他用一把缠着铁丝的旧枪朝它射击,没有射中,野兔跑了。

爷爷继续向前走着,突然,他惊慌起来,从南面,从洛普霍夫那边,传来浓烈的焦煳味,和风一起飘来的是更浓重的烟雾。烟雾已经给森林拉起了一道白色的幕墙,笼罩着灌木丛。空气开始变得令人难以呼吸。

爷爷意识到,发生了森林火灾,火势正向他扑来。风变成了飓风。大火正以闻所未闻的速度沿着地面迅速蔓延。按照爷爷的说法,即使是搭乘火车也无法从这样的大火中逃离。爷爷是对的,刮飓风的时候,火势会以每小时三十公里的速度蔓延。

爷爷在崎岖不平的道路上奔跑,绊了一脚,跌倒了。绕不开的烟雾灼伤了他的眼睛,而身后已经可以听到辽阔的火焰的轰隆声

和树木燃烧发出噼啪声。

死神追上了爷爷,抓住了他的肩膀,而就在这时,从爷爷脚下跳出了一只野兔。它拖着后腿,慢慢地跑着。后来爷爷才发现兔子的后腿被烧伤了。

爷爷看到野兔,像看到亲人一样高兴。作为一个森林里的老居民,爷爷知道,动物比人能更好地觉察到火从哪儿来,并总能找到逃生的路径。它们只有在被大火包围的极个别情况下才会死亡。

爷爷跟在野兔后面跑。他一边跑,一边因恐惧而大声地喊着:"等等,亲爱的,不要跑这么快!"

野兔把爷爷从大火中领了出来。当野兔和爷爷跑出森林来到

湖边时,他们都疲惫不堪地倒下了。爷爷抱起兔子,把它带回了家。

野兔的后腿和肚子都被烧伤了。之后爷爷治好了它,并留在了自己的身边。

"是的,"爷爷停顿了一下,愤怒地看着茶炊,好像茶炊是这一切的罪魁祸首。"对这只野兔,可见,我犯有多么严重的过错,亲爱的朋友。"

"你犯了什么错?"

"你出去看一眼野兔,看看我的救命恩人,你就明白了。拿上灯!"

我从桌子上拿起一盏灯,来到了走廊。我提着灯、弯下腰朝着正在睡觉的兔子照了照,发现兔子的左耳朵上有撕裂伤。此时我明白了一切。

图书在版编目（CIP）数据

大自然里的故事．密林中的熊／（俄罗斯）康·帕乌斯托夫斯基著；（俄罗斯）伊·茨冈诺夫绘；石雨晴译．— 福州：福建少年儿童出版社，2020.6

（世界自然文学大师作品·美绘本）

ISBN 978-7-5395-7134-8

I. ①大 … II. ①康 … ②伊 … ③石 … III. ①儿童故事—图画故事—俄罗斯—现代 IV. ① I512.85

中国版本图书馆 CIP 数据核字（2020）第 044632 号

<Самые лучшие сказки: Сказки детям>

@ 2019, the estate of Константин Паустовский

Illustrations by Иван Цыганков

This edition is published by arrangement with «Издательство АСТ»

The simplified Chinese translation rights arranged through Rightol Media

（本书中文简体版权经由锐拓传媒旗下小锐取得 Email:copyright@rightol.com）

中文简体字版由福建少年儿童出版社在中国大陆地区独家出版发行

著作权合同登记号：图字 13-2020-006 号

世界自然文学大师作品·美绘本

大自然里的故事 密林中的熊

作者：[俄] 康·帕乌斯托夫斯基◎著　[俄] 伊·茨冈诺夫◎绘　石雨晴◎译

出版发行：福建少年儿童出版社

地址：福州市东水路 76 号 17 层 邮编：350001

http://www.fjcp.com　email：fcph@fjcp.com

经销：福建省新华发行（集团）有限责任公司

印刷：福州德安彩色印刷有限公司

厂址：福州市金山浦上工业园区 B 区 42 幢

开本：889 毫米 ×1194 毫米　1/16　　　　插页：2

印张：8.25

版次：2020 年 6 月第 1 版

印次：2020 年 6 月第 1 次印刷

ISBN 978-7-5395-7134-8

定价：35.00 元

如有印、装质量问题，影响阅读，请直接与承印厂联系调换。联系电话：0591-28059365